오늘부터 휴가

천천히 머물며
그려낸
여행의 순간들

글·그림
배현선

오늘부터 휴가

앨리스

시작하며

"언젠가 나의 여행 이야기를 책으로 만들어보고 싶어."

A에게 그렇게 말했던 일이 떠오릅니다. 본격적으로 여행을 즐기기 시작한 이후 가슴 깊이 혼자 간직해둔 꿈이 있었습니다. 아주 오래 걸리더라도, 많이 늦더라도 먼 훗날 '여행 작가'가 되고 싶다는 것이었습니다. 어찌 보면 삶의 버킷리스트 중 하나이기도 했지요. 불과 1년 전까지만 해도, 그 '언젠가'가 이렇게 불쑥 찾아오리라곤 전혀 예상하지 못했습니다. 감사하게도 기회는 보다 빠르게 와주었습니다.

스스로 아직은 '여행 초심자'라 생각합니다. 사람들이 잘 모르는 생소한 곳으로 떠난다거나 세계 일주를 하듯 아주 많은 곳을 여행한 것도 아니었으니까요. 굳이 따지고 본다면 실은 그 반대에 더 가까운 것 같습니다. 저는 아주 일상적이고, 사적인 시간을 보내는 여행자였으니까요. 그래서 여행 책 제안을 받았을 때에도 기쁨보다는 걱정이 앞섰습니다. '과연 내가 잘 해낼 수 있을까?' 스스로 몇 번이고 되묻곤 했습니다.

　그러다 벽장 속에 켜켜이 묵혀두었던 지난 여행 노트들을 꺼내어 보게 되었습니다. 언제나 여행을 떠날 때에는 그림을 그리고 일기를 쓸 노트를 챙겨가곤 하는데, 그렇게 차곡차곡 쌓아온 여행의 기록들이 어느새 상자를 꽉 메우고 있었습니다. 상자에는 뒤죽박죽 섞인 채 매직으로 커다랗게 도시 이름과 연도가 쓰여 있는 두툼한 노트들로 가득했습니다. 그 안에는 볼펜으로 마구 써 내려간 일기와 매일같이 그린 그림들, 필름과 폴라로이드 사진, 여행지의 여기저기에서 모은 명함과 팸플릿 등으로 가득 차 있었습니다. 다양한 언어로 쓰인 영수증도 납작하게 붙어 있었죠.

　한참을 뒤적이다보니 제가 다녀온 도시 파리, 도쿄, 치앙마이, 그리고 교토에서의 기억들이 눈앞에서 생생하게 살아났습니다. 파리의 야경, 낮과 밤의 에펠탑, 울퉁불퉁한 돌바닥과 도쿄의 공원, 원두 향 가득한 카페와 이름 모를 작은 가게들, 치앙마이의 햇살, 썽태우를 타고서 본 풍경들, 재즈 클럽, 교토의 가모강과 오래된 상점들, 골목골목의 모습 하나까지. 하나하나 되짚어보자 추억의 댐에 물꼬가 트인 듯 잊고 있던 여행의 기억들마저 와르르 쏟아져나왔습니다. 갑작스러운 기억의 홍수에 당혹감을 느낀 것도 잠시, 이때 무언가가 날 북돋아주었다는 생각이 듭니다. 그 순간, 심연 속에서 고요히 잠들어 있던 그 모든 기억을 되살려보기로 결심했습니다. 그리고 그것들을 하나둘 골라내고, 다듬는 작업 끝에 이 책을 세상에 내보이게 되었습니다.

그리 대단하지도 않고, 어쩌면 참으로 평범한 여행 이야기일지도 모르겠습니다. 그저 느리게 걷다 나의 마음을 붙드는 순간을 마주할 때면 그것을 그림으로, 일기로 남겨두었습니다. 저는 사랑스럽고, 따뜻하고, 아름답고, 서투르고, 자연스러운 것들에 눈길이 갑니다. 언제나 그랬습니다. 이 책 역시 마찬가지로 천천히 머물며 그려낸 여행의 순간들을 담았습니다. 분명히 이 책을 보는 누군가의 마음에도 내가 보고 느꼈던 것과 같은 울림이 퍼져나가리라 생각합니다.

여행도 매일의 삶도 스스로가 만들어가는 것입니다. 어떤 여행이 될지는 온전히 나 자신에게 달려 있지요. 여행은 늘 달콤한 휴식과도 같았습니다. 날이 흐려도, 가려던 곳을 결국 못 가게 되더라도, 크고 작은 해프닝이 벌어져도, 그래도 결국엔 매번 좋은 기억으로 남았습니다. 그것이 바로 여행이 지닌 매력이자 힘이 아닐까요?

 이 책을 작업하며 어느덧 몇 번의 계절이 바뀌었습니다. 유난히도 뜨거웠던 올여름의 끝에서 이 글을 적으며, '오늘부터 휴가'라는 제목 그대로 독자 여러분들께 이 책이 어디론가 떠나는 설렘을 안겨드릴 수 있기를 진심으로 바랍니다.

2018년 여름의 끝에서
배현선

차례

시작하며 · 004

파리
PARIS

뜬구름을 만나는 일

하늘이 그려낸 그림 · 012

모네의 수련 앞에서 · 016

언제나 바게트 · 023

보물과 고물 사이 · 029

로댕과 카미유 클로델 · 036

우리의 미드나잇 인 파리 · 043

이곳엔 사랑이, 그리고 낭만이 · 050

흔적을 따라서 · 053

7층 꼭대기의 숙소 · 060

당신의 소원 · 068

playlist · 072

도쿄
TOKYO

언제든 떠날 준비

첫, 여행 · 080

그릇과 컵 · 088

서점에서 보내는 하루 · 093

캐릭터의 나라 · 099

고독한 신주쿠 · 104

때론 헤매는 것도 · 107

벚꽃 · 110

돈가스 · 113

사랑을 보다 · 117

안녕, 나카메구로 · 122

도쿄의 향 · 129

playlist · 134

치앙마이
CHIANG MAI

숨쉬듯 자연스럽게

여름의 흔적 • 142

미소의 힘 • 145

사원과 승려 • 151

먹고, 또 먹는 여행 • 157

재즈와 맥주 • 164

찡쪽을 만나다 • 170

나무가 있는 집 • 175

아침식사 • 179

커피와 행복 • 183

공존을 꿈꾸며 • 189

진정한 휴식 • 195

새벽 별 • 199

playlist • 204

교토
KYOTO

느긋하고 차분하게

나 홀로 교토 • 214

완벽한 식사 • 222

가모강가에 앉아 • 228

뜻밖의 위로 • 235

세 대의 자전거 • 243

시장 속으로 • 249

사공이 되어 • 254

느림의 미학 • 259

마음 청소 • 265

저마다 화분 • 268

기차를 타고 • 271

playlist • 274

PARIS

파리

뜬구름을 만나는 일

2015. 12. 5 ~ 12. 13

○

<u>하늘이</u>
<u>그려낸</u>
<u>그림</u>

완벽하게 똑같은 매일이 존재할 수 없듯, 완벽하게 똑같은 하늘도 존재하지 않는다. 12월의 파리. 한국보다는 덜 추웠지만, 스산한 바람이 옷깃을 여미게 하는 나날이었다. 내가 머무는 일주일 동안 날씨는 종잡기 어려울 정도로 변덕스러웠고, 하늘도 마찬가지였다. 매일이, 아니 아침과 저녁이 달랐으며 시시각각 변하는 하늘은 내게 늘 새로웠다. 그런 파리의 하늘이 좋아서 자꾸만 시선이 갔다.

파리의 건물들이 높지 않아서였을까? 이상하게도 구름이 만져질 듯 아주 가깝게 느껴졌다. 손을 뻗으면 닿을 듯, 각양각색의 모습을 한 구름들이 두둥실 내 머리 위를 스치듯 떠간다. 서울에서는 한 번도 느껴보지 못한 기분이었다. 나의 고향, 서울에서는 서로 경쟁이라도 하듯 자꾸 높아져가는 고층 빌딩들과 사방을 빽빽하게 둘러싼 아파트들로 하늘이 저만치 멀리 있는 것처럼 보였었는데……. 서울의 하늘은 너무나 높고 멀리에 있어 닿기는커녕 쳐다보려면 고개를 90도로 꺾어야만 했다. 그마저도 대부분은 희뿌연 공기에 가려져 이내 흥미를 잃고 시선을 다시 아래로 떨구곤 했다.

'하루 종일 하늘만 바라보아도 전혀 지루하지 않겠는데?'라는 생각이 들 정도로 이곳 파리의 하늘은 너무나도 달랐다. 낮게 드리워진 구름들은 오래된 건물들과 어우러져 한 폭의 그림이 되어 눈앞에 펼쳐졌다. 어느 날에는 축축하게 젖은 종이에 수채 물감을 톡 떨어뜨린 듯 푸른빛이 부드럽게 퍼져나갔고, 또 어느 날에는 힘 있게 구불대는 구름들이 노을과 섞여 그 자체로 감탄을 자아냈다. 끊임없이 변화하는 하늘에서 희로애락의 감정까지 느껴졌다. 하늘의 매일도, 우리네 삶과 크게 다르지 않구나, 하는 생각마저 들었다. 어떤 때는 하늘을 보며 '처연한 어둠' '알쏭달쏭한 마음' '선명한 생각' 등등 떠오르는 대로 이름을 붙여보기도 했다. 그러자 이렇게 다채로운 하늘의 색을 단순히 '하늘색'이라고 하는 것이 새삼 이상하게 여겨졌다. 내가 이곳에 와서 본 하늘의 빛깔들이 적어도 수십, 수백 가지에 달하는데 흰색과 푸른색이 섞인 것만을 '하늘색'이라 부르다니!

이런 변화무쌍한 파리의 하늘에 매료된 사람은 비단 나뿐만

이 아닐 것이다. 이미 이곳의 수많은 예술가들은 그 아름다움을 제대로 즐길 줄 알았다. 파리의 하늘을 보고 있노라면 유럽의 근대 회화작품들이 머릿속에 자연스레 떠오르기 때문이다. 그 작품들은 저마다 표현 방식이 다를 뿐 화가 자신들이 바라본 하늘을 그려낸 것이라는 걸 나는 같은 하늘을 마주하고서야 진심으로 깨달았다. 파리의 하늘에는 오귀스트 르누아르가, 빈센트 반 고흐가, 클로드 모네가 있었다.

그래서였을까, 파리에서는 어디서나 툭하면 하늘을 바라보았고 그 하늘을 눈에 담았으며 오래 간직하고 싶어 사진을 찍었다. 그리고 나의 시선으로 본 하늘을 그림으로 남기려 애를 썼다(사실 눈으로 목격한 것만큼 썩 만족스럽지는 않았지만). 여행 내내 아침에 일어나서 내가 가장 먼저 한 일은, 숙소의 창을 활짝 열어 코끝이 시려오는 아침 공기를 깊게 들이마시고 하늘을 물끄러미 바라보는 것이었다. 마치 신성한 의식처럼 그 일은 매일 아침마다 반복되었다. 그렇게 하기를 여덟 번, 마지막으로 창을 열어 하늘을 보던 그때의 아쉬움과 그 순간의 풍경은 여전히 잊히지 않는다.

2015년 겨울, 파리의 하늘은 나에게 엔딩 없는 한 편의 아름다운 영화였다.

○

<u>모네의</u>

<u>수련</u>

<u>앞에서</u>

모네의 그림이 담긴
작은 액세서리함

누군가 내게 파리에서 방문한 미술관, 박물관 중 어떤 곳이 가장 좋았느냐고 묻는다면, 나는 (워낙 좋았던 곳이 많아 잠깐 동안 고민하다가) 오랑주리미술관이라 대답할 것이다. 그리고 왜, 오랑주리미술관이 가장 좋았느냐고 묻는다면 지체 없이 답할 수 있을 것 같다. 그곳에는 모네의 「수련」이 있기 때문이라고.

루브르박물관, 피카소미술관, 오르세미술관…… 파리에는 정말 매일 들러도 다 보지 못할 정도로 미술관과 박물관이 많이 있다. 오랑주리미술관 역시 유명한 편에 속하지만, 규모가 크지 않아 관광객 대부분은 더 크고 더 많은 작품들이 있는 곳을 우선적으로 방문하기도 한다. 늦은 밤, 숙소에서 다음날 일정을 고민하다가 오랑주리미술관에 가기로 결정했는데 돌이켜보면 그것은 정말 최고의 선택이었다.

날씨도 더없이 푸르고 화창하던 파리에서의 넷째 날, 며칠

사이 익숙해진 콩코르드광장을 지나 튈르리정원 한구석에 자리한 오랑주리로 발걸음을 옮겼다. 오렌지 온실이라는 뜻의 '오랑주리Orangerie'라는 이름이 참 예쁘게 들렸다. 설레는 마음을 가득 안고서 모네의 「수련」 연작을 보기위해 1층 전시실로 곧장 들어갔다. 평일 오전이어서 그랬을까, 다른 미술관에 비해 덜 붐비는 듯했다. 전시실은 고요한 공기가 감돌면서 차분한 분위기를 자아냈다. 아치형 문을 통해 첫번째 전시실로 들어서자마자 나도 모르게 감탄사가 흘러나왔다. 아, 정말이지 너무나, 너무나!

네 점의 아름다운 작품이 눈앞에서 파노라마처럼 펼쳐졌다. 모네의 그림이 천장에서 내려오는 햇살을 받아 부드럽게 일렁거렸다. 좀더 가까이 걸어가 한 작품씩 찬찬히 들여다보았다. 새하얀 벽에 기다란 타원형의 공간, 그 벽을 가로지르며 오묘한 색채를 뿜어내고 있는 「수련」을 보고 있자니 그 분위기에 압도될 수밖에 없었다. 워낙 유명하고, 또 익히 봐온 그림이었는데 실물 작품은 책 속에 인쇄되어 있던 그 모습과는 너무나 달랐다. 아니, 차원이 달랐다고나 할까? 책이나 사진으로는 실제의 아름다움이 반도 채 담기지 않은 것만 같았다. 그를 왜 '빛의 화가'라고 하는지 작품을 마주하는 순간 단박에 이해되었다.

시간대별로 변화하는 연못의 풍경이 담긴 그림을 차례로 감상하며 절로 존경심이 일었다. 대가들의 작품을 볼 때면, 나는 작품 자체의 아름다움에서 충격을 받기도 하지만 때로는 작품에서 느껴지는 열정과 노력에 놀라움을 금치 못하기도 한다. 실제의 크기를 그대로 담고 싶었다던 모네의 의도대로 그림들은 지베르니에 있는 그의 정원 연못을 옮겨다놓은 듯한 착각마저 불러일으켰다. 연못에, 수련에, 연잎에 깃든 빛의 입자를 섬세하게 붙들어다 화폭 위에 살며시 얹어놓은 것만 같았다. 전체적으로 자줏빛이 감도는 색채의 향연과 어마어마한 크기에 압도당해 나와 애인은 할 말을 잃은 채 멍하니 그림만 바라보았다. 멀리서 그리고 가까이서. 그렇게 한참을 바라보고서야 우리는 다음 전시실로 이동할 수 있었다.

　　모네의 「수련」 연작은 제1차세계대전 종결을 기념하여 그가 파리시市에 기증한 작품이다. 이때 모네가 요청한 조건은 다음과 같다.

- 작품을 시민 모두에게 공개할 것
- 자연광 아래에서 작품을 감상하게 할 것
- 장식이 없는 하얀 공간을 통해 전시실로 입장할 수 있게 할 것

전쟁에서 목숨을 잃은 사람들을 애도하기 위한 그의 마음이 오랑주리 안에 고스란히 담겼다. 연결 통로를 지나자, 또다시 감동이 밀려왔다. 이번에는 모두, 버드나무가 있는 연못의 모습이었다. 이 네 점의 작품에는 왠지 모를 슬픔이 묻어났다. 내가 가장 좋아하는 나무인 버드나무의 축 늘어진 기다란 잎과 바람이 불면 흔들릴 것 같은 모습에서 처연하면서도 끝모를 아름다움이 밀려들었다. 모네도 그런 마음이었을까.

나와 애인은 말없이 전시실 중앙에 마련된 의자에 나란히 앉았다. 많은 대화가 필요하지 않았다. 지금 이 순간 우리가 (평생 잊지 못할) 같은 그림을 함께 바라보고 있다는 사실이 소중하게 느껴졌다. "참 아름답다." "그치? 어떻게 이런 작품을 그린 걸까, 너무 놀라워." 겨우 이 정도의 말만 꺼낼 뿐. 그 후로 시간이 얼마나 흘렀을까, 전시실 안으로 백발의 노부부가 들어왔다. (사실 부부인지, 연인인지 정확히 알 수는 없었지만.) 어두운 옷 색과 대비되는 새하얀 머리칼이 눈에 띄었다. 전시실로 들어온 노부부는 그림을 열심히 바라보더니 우리 뒤편의 의자에 나란히 앉았다.

프랑스인으로 보이는 두 사람은 그림을 보며 이야기를 나누기도 하고, 서로의 얼굴을 마주하며 진지한 대화를 나누기도 했다. 그들의 뒷모습을 가만히 바라보고 있자 왠지 모르게 뭉

클해졌다. 다른 미술관과 달리 바삐 움직이는 사람도, 작품을 보기 힘들 정도의 인파도 없어 더욱 시간이 멈춰버린 듯한 공간. 모네의 그림, 노부부, 몇몇의 사람들, 그리고 우리가 전부인 이곳. 오랜 애인의 손에 나는 손을 겹쳐올리며 말을 꺼냈다.

"있지 저 노부부의 모습이, 우리의 50년 뒤 모습이었으면 좋겠어. 우리 50년 뒤에, 호호백발의 할머니, 할아버지가 되어 다시 이곳을 찾을 수 있을까? 그랬으면 좋겠다, 진심으로. 그때

지금 이 순간을 떠올리며 '기억나? 50년 전의 노부부, 우리가 이제는 그렇게 되었네' 하고 웃을 수 있다면 얼마나 좋을까."

그 순간, 나는 그곳에 내 마음의 일부를 두고 왔다고 확신했다. 나중에 꼭 다시 찾으러 가겠다는 생각으로. 노부부의 대화를 전혀 알아들을 수는 없었지만 모네의 「버드나무가 드리워진 맑은 아침」 앞의 둥근 등을 한 그들의 모습은 아마 영영 잊지 못할 것만 같다. 노부부를 뒤로 한 채, 한참만에야 우리는 서로의 손을 꼭 붙잡고 그곳을 빠져나왔다. 모네의 「수련」이, 그리고 나의 마음이 우리의 뒷모습을 향해 손을 흔들어주었다.

○

언제나

바게트

2015. paris

어디선가 들었는데, 프랑스에서는 유치원생, 초등학생을 대상으로 하는 '맛 수업'이 있다고 한다. 오감을 모두 사용해 다양한 식재료를 아이들이 직접 만지고, 냄새도 맡고, 먹어보기도 하는 등 일찍이 '맛'에 대한 교육을 진행한다니 과연 미식가의 나라답다. 게다가 프랑스의 미식문화는 유네스코 인류무형문화유산으로 지정되었다고 하니 이들의 음식에 대한 애정이 대체 얼마나 대단할지 여행 전부터 궁금증은 커져만 갔다.

첫날은 저녁 늦게 도착해 숙소 근처 마트에서 간단히 장을 봐왔다. 과일과 요거트, 치즈, 우유, 버터와 바게트를 샀는데 바게트는 고작 1유로였다. 물가가 저렴하다고 할 수 없는 프랑스에서 단돈 1유로면 사나흘 동안 다 먹지도 못할 양의 기다란 바게트를 살 수 있다니 정말 놀라웠다. 우리를 데리러와준, 파리에서 제과제빵을 공부하던 친구가 놀란 내게 몇 마디 덧붙였다. 친구는 이곳뿐만 아니라 바게트는 대부분 1유로선이고,

법적으로 오직 밀가루, 물, 이스트 그리고 소금으로만 만든 것을 바게트라 인정한다고 했다. 그만큼 바게트는 기본에 충실한 빵으로 프랑스인에게 아주 중요하고 자부심 넘치는 음식이라는 것이 느껴졌다.

　파리에서 아침식사로는 늘 바게트를 먹었다. 숙소의 작은 원형 식탁 위에 마트에서 사온 식료품들을 늘어놓고 하나하나 맛보는 것이 나름의 작은 즐거움이었다. 바게트를 칼로 비스듬하게 쓱쓱 썬 다음 버터를 얇게 바르고 치즈와 프로슈토를 얹었다. 그리고 거기에 우유와 과일을 곁들였다. 어떤 날은 바게트에 친구가 추천해준 크림치즈를 발라서 먹기도 했다. 매일이 비슷하고도 단출한 아침식사였는데도 불구하고, 신기하게 전혀 질리지가 않았다.

　겉은 바삭하고, 속은 부드러운 바게트에 치즈, 프로슈토는 환상의 조합이었다. 샌드위치라고 말하기엔 다소 부족하지만 보기보다 든든하고 다채로운 식사였다. 도대체 어떻게 네 가지 재료만을 사용해 만든 이 간편한 음식에서 이런 황홀한 맛이 나는 걸까? 담백한 고소함이 입안 가득 퍼져나갔다. 특별히 가리는 것 없이 잘 먹는 나이지만, 빵이나 디저트에 있어서는 꽤나 엄격한 기준을 갖고 있다. 지나치게 단 생크림이 들어간 빵이나 케이크는 잘 먹지 않고, 설탕이 많이 들어가지 않은 단순한 재료로 만든 빵을 선호한다. 식감에 있어서도 나름의 기준이 있는데, 씹히는 것 없이 녹아내리는 것보다는 쫀득하거나 적당히 바삭한 편이 좋다.

한국에서도 종종 바게트를 사다 먹곤 했지만 대부분은 여지없이 실망스러웠다. 가끔은 바로 먹어도 돌덩이를 씹는 듯 딱딱하기까지 해서 남은 빵을 내다버리는 일이 비일비재했다. 하지만 이곳의 바게트는 놀랍도록 입맛에 딱 맞았다. 겉은 살짝 부스러지는 듯 적당히 바삭바삭했으며, 속은 쫀득하고 부드러웠다. 음식을 천천히 먹는 나는 맛이 강한 것보다 씹을수록 은은하게 맛이 느껴지는 것을 좋아하는데, 파리의 바게트가 딱

2015. paris
식사를 기다리며

그랬다. 씹을수록 고소했다. 심지어 베이커리가 아닌 마트에서 산 1유로짜리 바게트도 훌륭했다. 매일 이것만 먹고도 살 수 있겠다는 우스갯소리를 할 정도였으니까.

음식점에서도 어떤 요리를 시키든 가장 먼저 내어주는 것 역시 바게트였다. 타원형의 바구니에 잘라놓은 바게트를 듬뿍 담아 가져다주었다. 파스타를 먹을 때도, 매시트포테이토와 구운 소시지 요리, 굴 요리와 생선 요리에도 바게트가 함께했다. 우리의 쌀밥이 어느 한식에나 잘 어울리듯이 바게트는 프랑스인에게 우리네 쌀밥과 다름없다는 것이 진정으로 와닿았다. 특히 생선과 바게트의 조합은 먹어보기 전까지 그 맛을 짐작할 수가 없었다.

관광객이 하나도 없는 작은 레스토랑에서 옆 테이블의 생선 요리를 보자 궁금증이 생겼다. 나는 같은 것으로 주문해 무슨 생선인지도 모른 채 먹었다. 한쪽 면은 구워내고 다른 쪽 면은 쪄낸 듯이 촉촉한 생선에 여러 가지 채소를 소스에 볶아 곁들이고 라임 즙을 뿌려낸 요리였다. 비리지도 않고 소스와 라임이 생선에 풍미를 더해주었다. 바게트와 함께 음미하며 먹다 보니 접시가 깨끗하게 비워졌다. 파리에서 맛본 식사 자리에는 언제나 바게트가 놓여 있었다.

요리는 그 요리의 본고장을 뛰어넘는 일이 참 어려운 것 같다. 파리의 바게트가 더욱 맛있게 느껴졌던 이유는 사실 빵을 굽는 실력과는 별개의 문제일 수도 있다. 그 땅에서 수확한 재료와 그곳의 기후, 또 문화와 정서가 복잡하게 얽히고설켜 만들어낸 맛일 테니까. 오직 그곳에서만 맛볼 수 있기에 특별한 맛이 탄생하게 되는 것이라고. 그래서 그런지 파리에서 먹었던 더 맛있고 뛰어난 요리들을 뒤로한 채 바게트가 유난히 기억에 많이 남는다. 바게트는 나에게 파리 그 자체였다.

○

보물과

고물 사이

2015. 12
vanves

'지금 나는 천국에 있구나.'

　파리 여행 이틀째인 어느 일요일 이른 아침, 벼룩시장 초입
에 다다르자마자 그런 생각이 들었다. 파리 여행에서 다른 곳
은 몰라도 벼룩시장만큼은 꼭 가봐야겠다고 마음먹은 터였다.
어느 정도 기대를 하고는 있었지만, 이 정도일 줄은 몰랐다. 길
을 따라 죽 늘어선 수많은 잡동사니들을 실제로 마주하니 눈
앞이 아찔해져왔다. '어디서부터, 아니지 무엇부터 봐야 하지?'
그저 조급한 마음에 제자리에 서서 발만 동동 굴렀다. 그날, 내
눈앞에 펼쳐진 것은 천국 그 자체였다.

　사람들은 모두 저마다의 아름다움을 좇으며 살아간다. 그렇
기에 어떤 물건은 누군가에게는 쓸모없는 고물일 뿐이지만 다
른 누군가에게는 아름다운 보물이 되기도 한다. 나에게 벼룩시
장의 물건들은 후자에 해당된다. 군데군데 색이 바랜 스탠드,

네 귀퉁이가 닳아버린 노트, 유행 지난 음반들. 그야말로 낡고 오래된 것들. 이상하게도 나는 이런 것들에 마음이 이끌리곤 한다. 오랜 세월을 견딘 물건들에게서는 새것에서는 찾아볼 수 없는 아름다움이 전해진다. 오로지 시간만이 만들어낼 수 있는 그런 아름다움이 분명 거기에 존재한다. 그것은 인력으로도 어찌할 수 없는 부분이기에, 때론 경외감마저 든다. 그렇게 나는 시간의 흔적을 더듬으며 마음에 드는 물건을 들었다 놓았다, 고민도 하고 때로는 가격을 묻기도 했다. 실은 벼룩시장에서 지갑이 끝도 없이 열릴지 모른다는 것을 예감했기에 일부러 숙소에서 돈을 조금만 챙겨나왔다. 그래서 더더욱 선택에 신중해질 수밖에 없었다.

내가 골랐던 어떤 커틀러리는 (약간 의심이 들지만) 19세기에 만들어진 은제품이라며 아주 비싼 값을 부르기도 했고(가격을 듣자마자 바로 내려놓을 수밖에 없었다!), 또 어떤 물건은 너무 커서 캐리어에 도무지 들어갈 것 같지 않았다(먼 곳에 산다는 게 이렇게 아쉬울 수가!). 한참을 빈손으로 터덜터덜 걷고 있었을 때였다. 내 오른편 바닥에 펼쳐진 돗자리 위에 먼지가 하얗게 낀, 우아한 모양새의 유리 오브제들이 눈에 들어왔다. 그것들은 정말 창고에서 막 꺼내온 듯한 상태로 돗자리 위에

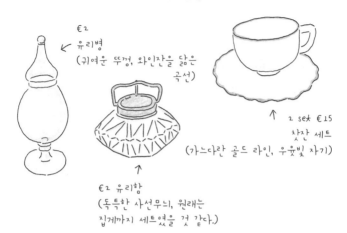

- 내가 산 것들 -

€2
← 유리병
(귀여운 뚜껑, 와인잔을 닮은 곡선)

2 set €15
찻잔 세트
(가느다란 골드 라인, 우윳빛 자기)

€2 유리함
(톡특한 사선무늬, 원래는
집게까지 세트였을 것 같다.)

아무렇게나 놓여 있었다. 그리고 그 옆에는 종이에 매직으로 커다랗게 '2'라고 적혀 있었다. 나는 눈이 휘둥그레졌다. 고작 서너 개 남아 있던 유리 오브제들 중 고심 끝에 두 개를 골랐다. 와인 잔 같은 모양에, 고깔을 쓴 듯한 뚜껑이 매력적인 유리 오브제와 예전에는 각설탕이 가득 담겨 있었을 것으로 추정되는 사선 무늬로 모양을 낸 둥글납작한 유리병이었다. '이렇게 예쁜 유리병이 하나에 고작 2유로라니!' 신이 나서 녹색 털모자와 풍성한 흰 수염이 마치 산타클로스 같던 할아버지께 4유로를 건넸다. 정말 그는 내게 산타클로스였다. 비록 유리병에는 먼지가 소복이 쌓였고, 안에는 정체를 알 수 없는 까만 이물질이 묻어 있었지만…… 아무렴 뭐 어떤가! 깨끗하게 닦아 새 생명을 불어넣어주면 되지. 파리에서 서울로, 벼룩시장에서 사온 물건들에는 앞으로 새로운 이야기가 쌓여갈 것이다.

혹여나 깨질까 가방에 조심스레 유리병들을 담고, 추위도 잊은 채 아직도 끝이 보이지 않는 보물더미들을 향해 나섰다. 도대체 그런 고물들이 어디에 쓸모가 있느냐고 누군가 내게 묻는다면, 이렇게 대답하고 싶다. 내 눈에는 이것들이 너무나 아름답다고. 아름다움 그 자체로 존재 가치는 충분하다고. 그렇기에 나에게는 고물이 아닌, 더없이 아름다운 보물이라고.

벼룩시장에는 그림을 판매하는 곳도 있었다. 언제, 누가 그렸는지 알 수 없는 그림들이 액자에 끼워져 있기도 하고, 캔버스 채로 쌓여 있기도 했다. 이런 곳에서 그림을 사고판다는 것이 매우 흥미롭고 인상 깊었다.

우리나라에서는 아직까지 집에 그림 액자를 두는 일이 일반적이지는 않은 편이다. 집이 좁아 부담스럽기도 하고, 벽에 못을 마음대로 박지 못하는 경우도 있으니까. 하지만 그보다 더 큰 이유는 그림을 (특히 원화를) 돈을 주고 사서 소장한다는 것이 사실 금전적으로 부담스러워서가 아닐까. 사정이 이러하니

- 벼룩 시장의 물건들 -

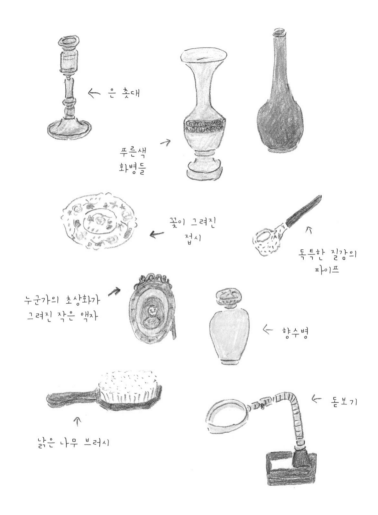

← 은 촛대

푸른색
화병들

꽃이 그려진
접시

독특한 질감의
파이프

누군가의 초상화가
그려진 작은 액자

← 향수병

낡은 나무 브러시

← 돋보기

그림을 그리는 나조차도 포스터나 엽서 같은 인쇄물로 액자를 대신하는 편이라 여러모로 이해가 가는 부분이 많다. 물론 인쇄물일지라도 예술작품을 가까이하는 것, 그것이 첫걸음이라 생각한다.

예술은 소수의 향유물이 아닌, 누구나 접할 수 있고 가까이할 수 있는 것이야 한다. 벼룩시장의 그림들이, 당연하게 그림을 사고팔던 그 모습이, 지금까지도 진한 잔상이 되어 나의 마음속을 떠다닌다.

○

로댕과
카미유 클로델

2015
Paris

로댕미술관에 가는 것은 전혀 계획에 없던 일이었다. 늦은 밤, 숙소 침대에 엎드려 다음날 무엇을 할까 이리저리 궁리했다. 그때 휴대전화로 검색을 하다 우연히 보게 된 사진 한 장이 나를 사로잡았다. 바로 로댕미술관의 조각상 사진이었다. 이번 여행에서는 여러 미술관과 박물관 중 회화작품들이 있는 곳을 우선순위로 두었기에 로댕미술관은 미처 떠올리지 못했다. 더군다나 오귀스트 로댕에 대해 아는 정보도 그리 많지 않았다. 「생각하는 사람」이나 「지옥의 문」 「입맞춤」과 같은 몇몇 작품들과 연인 카미유 클로델에 대한 몇 줄의 정보가 전부였다. 아무렴 어떠랴. 사진 속 조각상만 보고 와도 좋겠다는 가벼운 마음으로 A와 함께 로댕미술관으로 향했다.

족히 7미터는 될 듯한 거대한 대문을 지나 티켓을 끊고 미술관 안으로 들어서자 가장 먼저 봉긋한 모양으로 잘 정돈된

2015
Paris

나무들이 눈에 들어왔다. 그리고 그 중앙에 우뚝 솟은 「생각하는 사람」이 보였다. 작품을 마주하자 어딘가 모르게 친숙하다는 느낌을 받았다. 유명해서일까? 그보다 나는 고뇌하는 조각상의 모습에서 일종의 동질감을 느꼈던 것 같다. 내게는 조각상의 모델이 특정 인물이 아닌, 감정이 있는 '인간 모두의 모습'처럼 보였다.

로댕미술관은 여러 예술가들을 거쳐 마지막으로 로댕이 말년까지 사용했던 오래된 저택이었다고 한다. 그래서일까 들어서자마자 우아하고 고풍스러운 인테리어가 눈에 띄었다. 높다란 천장만큼이나 기다란 문을 지나 전시실로 향했다. 실내는 커다란 창을 활짝 열어두어 유리를 통해 빛이 그대로 들어왔다. 조각상들 위로 햇살이 더해져 음영이 더욱 도드라졌다. 작품뿐만 아니라 공간 자체에서 뿜어져나오는 독특한 아름다움이 나를 강렬하게 사로잡았다.

'평면'에 입체를 그려내는 나에게 '입체' 작품이 주는 형태, 질감, 재료 등은 모두 새롭고 낯설게 느껴지기도 했다. 그래서 로댕의 작품들은 더더욱 놀라움의 연속이었다. '금속과 돌, 차갑고 딱딱하게 느껴지는 재료를 사용해 이렇게 부드럽고 따뜻하게 보이도록 만들 수 있다니.' 꽤나 충격적이었다. 사진은 이 입체적인 조각을 제대로 담아내지 못했다. 로댕의 손끝에서 탄생한 인물들은 아주 섬세했고 살아 움직이는 듯했다. 그리 크지 않은 크기의 전시실은 문에서 문으로 이어져갔다. 각 공간마다 문의 디자인, 벽의 색상, 천장과 조명이 모두 달랐다. 여러 각도에서 바라볼 수 있도록 배치된 크고 작은 조각상들이 전시실을 가득 메우고 있었다.

로댕미술관에서는 로댕의 연인이었던 카미유 클로델의 작품들도 볼 수 있었다. 비운의 여인, 카미유 클로델. 그녀는 로댕과 마찬가지로 천재적인 조각가이자 로댕의 제자이고 모델이며 연인이었다. 나는 이 두 사람의 강렬하고도 구슬픈 관계에 깊이 빠져들었다.

당시 로댕의 유일한 여성 조수였다는 카미유 클로델. 같은 '조각가'라는 점에서, 그것도 재능 있는 조각가 두 사람이 만났으니 서로 얼마나 깊이 이해하고 공감할 수 있었겠는가. 그래서 많은 나이 차이에도 불구하고, 하물며 로댕에게는 로즈 뵈레라는 여인이 있었음에도 둘은 사랑에 빠졌던 게 아닐까. 서로에게 영감을 주었을 것이고, 또 그 사랑을 열정적으로 조각에 쏟아부었으리라. 하지만 두 사람의 사랑은 결국 종지부를 찍었다. 로댕은 로즈를 선택했고, 사실상 카미유 클로델은 버려졌으니 말이다. 많은 남성 예술가들이 그렇듯, 로댕 또한 동시에 두 여자를 곁에 두고 모두에게 상처를 준 셈이다. 게다가 이후로 카미유 클로델의 작업을 방해하기까지 했다. 그토록 아름다운 조각을 창조해낸 사람이 인격적으로는 결코 아름답지 않다는 점에 눈살이 찌푸려졌다. 왜 재능과 도덕성은 비례하지 않는 걸까? 참으로 안타까운 일이다.

내가 본 로댕과 카미유의 조각품은 각각 느낌이 매우 달랐

다나이드

로댕 흉상

다. 로댕의 조각은 부드럽고 깔끔한 분위기인 반면 카미유의
조각은 그에 비해 무언가 거칠고 강렬한 힘이 느껴졌다. 작품
이 더욱 감정적으로 다가왔다. 그녀가 겪은 불안한 사랑의 예
고 같기도 했고, 안타까운 말년의 삶이 엿보이는 것 같기도 했
다. 나는 그런 그녀에게 깊은 연민을 느꼈다. 진심으로 안쓰럽
다는 마음이 들었다.

종종 나는 A가 나의 소울메이트가 아닐까 하고 생각한다.
우리 사이는 단순한 연인 관계라고 보기에는 그보다 더 복잡
하고 단단하게 얽혀 있다. 긴 시간을 만나온 우리는 서로에 대
해서 잘 아는 것은 물론이고, 지금은 함께 그림을 그리며 같이

일을 한다. 그 누구보다 서로의 예술(이라고 말하기에는 민망하지만)을 깊이 이해하고 있다. 서로가 선의의 경쟁자이자 가장 든든한 지원군이기도 하다. 만약에, 정말 만약에 우리가 헤어진다면, 남은 일생 동안 절대로 그와 같은 존재를 만날 수 없으리라는 걸 나는 알고 있다. 때문에 우리가 로댕과 카미유는 아니지만, 그 둘이 얼마나 정신적으로도 가까운 관계였을지 어느 정도 짐작할 수 있었다. 그 점이 나를 더욱 슬프게 했다.

로댕은 카미유를 버렸고, 카미유의 생은 비참했다. 한편으로 우리는 그렇게 되지 않기를 바랐다. 구석구석 모든 것이 아름다워 마음을 빼앗겨버린 로댕미술관. 하지만 그곳에서 본 사랑 이야기는 반대로 내 마음을 아프게 했다.

한때 열렬히 사랑하고 예술을 창작했던 두 조각가의 흔적들이 이곳에 가득 남아 있다. 카미유 클로델이 지금 나란히 전시되어 있는 로댕과 자신의 작품들을 보면 과연 무슨 생각을 할까? 그래도 사랑이었다며 쓸쓸한 미소를 지을까, 아니면 자신의 삶을 망쳤다며 노여워할까? 그녀에게 묻고 싶었다.

○

우리의
미드나잇 인
파리

댕- 댕- 댕-. 긴 여운을 남기며 열두 번의 종소리가 울렸다. 자정. 하루가 끝나고, 또다른 하루가 시작되는 순간이다. 창밖은 새까만 어둠으로 가려져 있지만 무언가 미묘하게 바뀌고 있음을 직감적으로 알 수 있었다. 가끔씩 삶에는 마법 같은 순간이 찾아올 때가 있다. 그것은 우리가 눈치 채지 못할 만큼 자연스럽게 스며들어온다. 그리고 마법의 순간이 지나면 꿈에서 깨어나듯, 그제야 깨닫고 만다.

지금도 또렷이 기억하고 있다. 2015년 12월 10일, 목요일. 파리에서 함께 맞이한 A의 생일날이었다. 파리에서 보내는 생일이라니, 생각만 해도 정말 로맨틱했다. 무엇을 할까 함께 고민하다가, 함께라면 무엇을 해도 좋을 거라는 결론 아닌 결론을 내렸다. 결국 우리는 마음이 이끄는 대로 하루를 보내기로 했다.

파리를 가장 잘 담아내었다는 찬사를 받는 우디 앨런의 「미드나잇 인 파리」는 우리가 좋아하는 영화다. 아름다운 파리 배경이 고스란히 드러난 이 영화를 보며 우리는 함께 파리에 가기를 꿈꿨다. 다시 떠올려보면 그날은, 우리들의 '미드나잇 인 파리'였던 셈이다.

오전에는 로댕미술관을 다녀왔고(영화 속에서 등장한 장소이기도 하다!), 오후에는 마레지구를 거닐며 오페라색으로 물들어가는 노을을 바라보았다. 그리고 숙소로 돌아와 두꺼운 옷으로 갈아입고 다시 나갈 채비를 했다. 어느새 어둑해진 거리는 더욱 묘한 분위기를 풍겼다. 나는 한쪽 손을 코트 주머니에 푹 찔러넣고, 다른 손으로 A의 손을 꼭 감싸쥐었다. 그의 손은 차가운 내 손과는 달리 언제나 따뜻했다. 그래서 특히나 겨울에는 종종 그의 손이 난로 같았다. 조금 걷다보니 드디어 선착장이 보였다. '바토무슈Bateaux-Mouches'. 그 유명한, 파리 센강의 유람선이다.

파리의 바토무슈는 워낙 유명한데다 패키지 관광에도 자주 보이는지라 오히려 한가롭게 파리를 만끽하기에는 별로라는 말을 들은 적이 있었다. 그래서 여행 전 바토무슈를 타야 할지 고민이 많았다. 하지만 생각보다 가격도 비싸지 않고, 첫 파리 여행이니 그래도 한 번 타보는 게 어떨까 싶어 한국에서 미리

티켓을 구매해왔다. 어쩌다보니 밤 9시 20분, 가장 마지막 시간대에 운항하는 바토무슈를 타게 되었다. 우려와는 달리 승객은 우리를 포함해 열 명이 채 되지 않았다. 배에 올라타자 모두 뿔뿔이 흩어져 우리가 자리한 선실에는 우리 둘뿐이었다.

작은 병에 든 와인을 나눠 마시며, 나는 그에게 축하 인사를 건넸다. 조촐했지만, 더없이 낭만적인 생일이었다. 와인을 마시고 나니 금세 몸이 따뜻해졌다. 밖으로 나와 배의 뒤쪽으로 향했다. 여행 내내 자주 들었던 「미드나잇 인 파리」의 OST를 틀어놓고, 강의 양쪽으로 펼쳐진 아름다운 건물들을 가만히 바라보았다. 순간, 배의 조명이 꺼지고 거리는 주홍빛의 가로등 불빛만을 남긴 채 모두 어둠 속에 잠겼다. 애인은 흘러나오는 「Si Tu Vois Ma Mère」에 맞춰 휘파람을 불었고, 강물은 노랗고 흰 별빛을 뿌려놓은 듯 눈부시게 반짝이며 일렁였다. 영화 속 한 장면에 들어와 있는 것만 같았다. 눈앞의 아름다움에 숨이 막힐 지경이었다.

「미드나잇 인 파리」의 주인공 '길'을 황금시대로 데려다주던 것이 자정에 나타난 자동차였다면, 우리를 이끌어준 것은 바로 바토무슈였다. 우리는 '길'이 되어 바토무슈를 타고 루브르와 노트르담성당을, 조명이 켜져 더욱 아름답게 느껴지던 파리의

15. 12. 10
다리 아래를 지나던 순간

가장 오래된 다리이자 연인들의 다리, 퐁네프를 지나갔다. 그저 바라만 보아도 황홀한 풍경들이 이어졌다. 낮과는 180도 다른 모습이었다.

파리의 야경만이 지닌 아우라가 퍼지던 순간, 우리의 눈앞으로 그 어느 때보다 밝은 빛을 내뿜는 에펠탑이 다가왔다. 파리 여행에서 에펠탑이 가장 크게 느껴지던 순간이었다. 에펠탑은 노란빛을 밤하늘에 수놓으며 우뚝 서 있었다. 그의 눈동자는 반짝이는 에펠탑과 나의 모습으로 가득했다. 정말, 너무나 행복했다. 행복감에 가슴이 벅차올랐다. 우리의 황금시대는 '지금 이 순간'이었다.

배는 방향을 바꾸어가며 에펠탑 주위를 천천히 돌았다. 그리고 강물에 비친 에펠탑에 일렁임을 만들며 미끄러지듯 멀어졌다. 차가운 강바람은 잊은 지 오래였다. 불빛들이 온기가 되어주었다. 바토무슈에서 내리며, 나는 아쉽다는 생각을 전혀 하지 않았다. 그만큼 모든 것이 완벽했다. 같은 곳에서 같은 경험을 하더라도 그 감상은 절대 똑같을 수 없다. 타인의 의견을 듣기보다는 무엇이든 내가 직접 겪어보는 것만이 최선인 것이다. 바토무슈는 그 무엇과도 바꿀 수 없는 추억을 만들어주었다. 같은 것을 보고 함께 아름답다 말할 수 있음에 감사했다.

우리는 에펠탑을 더 보고 싶은 마음에 트로카데로광장으로 향했다. 자정이 가까워진 늦은 밤, 에펠탑은 변함없이 제자리에서 환하게 빛나고 있었다. 평소에는 서로를 사진에 담느라 함께 찍은 사진이 많지 않은데, 이날만큼은 에펠탑을 등지고 나란히 서서 사진을 연거푸 찍었다. 사진에는 우리의 머리 위로 노란 에펠탑이 삐죽이 솟아 있었다.

숙소로 걸어가는 발걸음에는 약간의 노곤함이 묻어 있었지만, 마음은 여전히 들떠 있었다. 숙소에 도착하니 어느새 자정이 지나 있었다. 휴대전화 화면은 12월 11일로 바뀌었다. '길'은 떠났고, 열두 시가 되면 풀리는 신데렐라의 마법처럼 우리의 잊지 못할 하루도 끝을 맺었다. 그래도 좋았다. 최고의 하루가 그의 생일이었다는 것이. 그리고 아직 우리에게 이틀의 시간이 더 남아 있다는 것이. 마법 같은 순간은 어느 때고 또다시 나를 찾아와줄 것이다. 그렇게 굳게 믿는다.

○

이곳엔 사랑이,
그리고 낭만이

2015
Seine river

파리에는 어디에든 사랑이 있었고, 어디나 낭만으로 가득했다.

센강을 거니는 젊은 남녀, 빛바랜 장식적인 건물들, 오래도록 자리를 지키고 있는 디저트가게, 개와 산책 중인 베레모를 쓴 노인, 칠이 벗겨지고 손때 묻은 낡은 문, 비에 젖은 돌바닥을 비추는 가로등, 에펠탑 아래에 옹기종기 모여 있는 사람들, 크리스마스트리로 쓸 나무를 함께 들고 가는 가족, 카페 테라스에 앉아 홀짝이는 커피, 바게트가 삐죽이 튀어나온 누군가의 가방, 키스를 하는 다정한 연인들, 해가 지면 온통 노란빛으로 가득한 거리, 벼룩시장의 구석진 바에서 흘러나오는 샹송, 손을 잡고 걸어가는 노부부, 아치형 천장으로 이어지는 벽에 액자처럼 붙어 있는 메트로 광고판들, 분수대 앞에 늘어선 초록색 철제 의자, '마망!' 하고 어디선가 울려퍼지는 어린아이의 목소리.

이 모든 것들이 내가 파리에서 본 사랑과 낭만의 조각들이

산타 모자를 쓴 사람들

었다. 눈을 돌리면 어디서나 볼 수 있는 풍경들. 아마 앞서 말
한 것의 열 배쯤은 더 열거할 수도 있을 것이다. 파리를 여행하
는 내내 내 마음은 풍선처럼 부풀어 있었고, 꿈결 속을 걷는 듯
발걸음이 가벼웠다. 이곳을 어찌 사랑하지 않을 수 있겠는가.
파리는 단연코 사랑과 낭만의 도시인 것을.

○

흔적을
따라서

예술가들이 사랑한 도시, 파리에 예술가의 길을 꿈꾸는 내가 있다. 피카소, 모네, 마네, 마티스, 로댕, 르누아르, 고흐, 고갱 등 셀 수 없이 많은 예술가들의 흔적이 이곳에는 가득했다. 매일매일 미술관을 들러도 다 볼 수 없을 정도로 작품들이 넘쳐났다.

피카소, 그는 명실공히 천재였다. 저택 하나를 빼곡하게 채우고도 남을 만큼 작업 양이 어마어마했다. 피카소미술관을 둘러보며 새삼스럽게 와닿았던 것은, 그의 엄청난 열정이었다. 천재성은 물론이고 거기에 노력과 열정이 더해진 그의 작품을 보는 내내 정말 놀랄 수밖에 없었다. 회화뿐만 아니라 드로잉이나 조각, 도자기 등의 작업들까지 이곳에서 마주하니 절로 감탄을 자아냈다. 도무지 나는 그의 천재성을 좇아갈 수 없다. 첫째로 죽기 전까지 이렇게 많은 작업들을 해낼 수 없지 않을까? 마음속으로 그런 생각이 스쳤다. 그가 창조한 다양한 화풍들로 인해 이미 후대에는 더 큰 새로움을 보여주는 일이 어려워졌다. 천재성에 더해진 노력이라니, 그야말로 게임 오버다. 게다가 피카소가 작업하는 모습이나 그림에서는 특유의 자신감과 유쾌한 성격이 엿보였다. 나는 주로 차분한 환경에서 작업하는 타입이라 이와 반대되는 작업 성향을 지닌 사람들을 보면 신기하고 흥미롭게 느껴진다.

피카소미술관에는 「한국에서의 학살」이라는 한국전쟁의 참상을 담아낸 작품이 있다. 이곳에 있는 줄 전혀 몰랐다가, 제목을 보고는 깜짝 놀라고야만 그림. 나는 언제나 작품에는 메시지가 있어야 한다고 생각하는 부류다. 그림을 그리는 사람이니 그림을 예시로 든다면 단순히 '예쁜 그림'도 좋지만 그림에는 작가가 전달하고자 하는 메시지가 꼭 들어가야 한다고 생각한다. 시각예술로서의 그림도 그 자체로 훌륭하지만 그보다 보이는 것 이상의 무언가가 담길 때 그림의 가치가 더해지고 맥락이 풍부해진다.

예술가는 작품으로 세상과 소통한다. 그래서 작가의 신념이나 생각은 작품에 지대한 영향을 끼칠 수밖에 없다. 피카소의 반전反戰 작품, 그것도 우리나라의 전쟁을 다룬 작품을 보고서 나는 예술가가 지녀야 할 덕목에 대해 다시금 생각할 수 있었다.

피카소의 자화상 앞에서
2015. 12

　피카소 작품들을 보고 나오니 피카소를 좋아했던 우리나라 화가가 떠올랐다. 김환기, 그리고 그를 말할 때 절대 빠질 수 없는 김향안. 두 사람도 나와 A처럼 파리의 길을 함께 걸으며 끝없이 예술을 논하고 사랑을 했겠지. 먼 타지까지 와서 작품 활동을 하는 것은 또 얼마나 고된 일이었을까? 그것도 무려 1950년대에. 지금과는 또다른 느낌이었을 것이 분명하다.

　파리에서도 묵묵히 자신의 화풍을 이어나간 김환기 화백. 나는 타지에서도 흔들리지 않고 자신만의 세계를 구축한 화백의 모습이 참 좋았다. 내가 한국인이라고 해서 꼭 한국화, 동양화를 그려야만 하는 것은 아니지만 그림에는 작가의 생각, 얼이 묻어나는 것이 당연하지 않겠는가. 나의 그림 어딘가에도, 어떤 방식으로든 '나'라는 사람이 드러나 있을 것이고, 또 그래야 한다고 늘 생각했다. 타인의 것을 가져오는 일은 순간의 눈속임일 뿐이다.

나는 언제나 그것을 주의하고, 그림을 그릴 때 나의 내면으로부터 시작하려고 늘 노력한다. 나는 이제 막 30대에 접어든 여성으로 한국에서 태어나 쭉 이곳에서 살아왔다. 그리고 고양이를, 아름다운 것들을, 솔직함을, 사랑을 사랑한다. 나의 그림이 그런 '나'라는 사람을 닮았으면 한다.

파리에서 대가들의 수많은 작품이 내게 가르쳐준 것이 있다. '그들처럼 그리고 싶다'는 마음과는 거리가 멀다. '나도 그들처럼 나만의 그림을 그려나가고 싶다'는 점. 사실 이것은 말처럼 쉽지 않다. 지금껏 그림을 그리며 살아왔지만 지금도 여전히 나의 것을 찾아가는 길 어딘가에 서 있다. 어쩌면 죽을 때까지 그저 헤매다 끝날지도 모른다. 그래도, 그래도 나는 그 과정이 절대 헛되지 않으리라 믿는다.

피카소, 마티스, 고갱, 카유보트도 이곳을 스쳐지나갔을까. 그들은 어떤 생각을 하며 어떤 시선으로 파리를 바라보았을까? 세상을 떠난 예술가들이 남긴 작품 앞에 서서 생각에 잠겼다. 순간 어디선가 불어온 한 줄기 바람에서 그들의 숨결이 느껴지는 듯했다.

○

7층
꼭대기의
숙소

파리에서 내가 가장 오랜 시간 머문 장소는 숙소였다. 모든 것이 인상 깊었던 파리 2구의 숙소. 메트로와 가깝고 한적한 골목에 위치한 그곳의 풍경이 지금도 생생하게 떠오른다.

어두운 월넛 색상의 대문은 그 크기만큼이나 아주 무거워서 힘을 힘껏 주어 밀어야 열렸다. 바깥에서 보면 좁고 기다란 모양인데다 화려한 장식이 없어 보통은 그냥 지나칠 법한 평범한 모습이었다. 중앙에 달린 금속 손잡이를 잡고 어깨로 밀어내듯 문을 열면, 그 무게가 온몸에 와닿았다. 다소 여닫기에 힘이 드는, 불편한 방식의 대문이었다. 그럼에도 투박하고 육중한 그 대문이 나는 꽤 마음에 들었다. 문을 닫고 안으로 들어서면, 미묘하게 공기의 흐름이 바뀌는 것을 느낄 수 있었다. 순간 고요함이 찾아온다. 그야말로 또다른 장소로 온 것만 같다. 공간을 분리하기도 하고, 또 이어주기도 하는 '문'이라는 역할에 아주 충실한 '문다운 문'이었다. 안으로는 어두컴컴하고 좁은 복도가 이어졌고, 그 끝에는 계단이 있었다. 발을 내디디면 삐걱삐걱, 하는 소리가 나는 오래된 나무 계단이었다. 나무 계단은 반질반질하게 닳았고 중앙은 부드럽게 패어 있었다.

얼마나 긴 시간 동안 사람들의 발길이 닿았던 걸까, 쉬이 가늠이 되지 않았다. 나선형의 계단은 좁고 미끄러워 조심조심 오를 수밖에 없었다. 나는 군데군데 칠이 벗겨진 손잡이를 잡고서 빙그르르, 곡선을 그리며 계단을 올랐다. 한 층 한 층, 조금씩 숨이 차오르는 것을 느끼며 드디어 층을 세는 것을 멈추었다. 7층짜리 건물의 꼭대기, 그곳이 바로 우리의 파리 숙소였다. 우리는 이곳에서 9일간의 파리 일정 전부를 머무를 계획이었다. 처음으로 해본 에어비앤비 숙소라 기대도 컸다. 호스트를 기다리며 나는 숨을 고르고, 창밖으로 시선을 던졌다.

하얀 문을 열자, 숙소의 내부가 드러났다. 호스트에게 두 개의 열쇠도 건네받았다. 지붕의 모양이 고스란히 드러나는 천장은 창가를 향해 기울어져 있었다. 서까래 역할을 하는 기다란 나무들 사이로 흰색 페인트칠을 한 벽이 번갈아가며 집 안에 세로 줄무늬를 만들어냈다. 하얀 침구가 깔려 있는 커다란 침대 하나, 원형 테이블과 의자, 자그마한 부엌과 욕실이 전부인 원룸 형태의 숙소였다. 정면으로는 네모난 창이 하나 있었다.

숙소 대문

이곳은 그야말로 어릴 적 동화책에서나 보았던 다락방이다. 나는 보자마자 우리가 머물 이 아늑한 숙소가 마음에 쏙 들었다. A도 정말 파리다운 숙소라며 꽤 만족스러운 눈치였다. 다행히 우리는 취향이 비슷했다.

사람마다 여행지에서 원하는 숙소는 각기 다른 모습일 것이다. 누군가는 쾌적하고 편리한 호텔을 선호할 수도 있고, 또 누군가에게 가장 중요한 것은 가격이나 위치일 수도 있다. 파리의 숙소는 내게 최고의 숙소가 될 것이라는 걸, 첫 만남에서 알았다.

낡은 계단을 함께 올라갈 때면 서로 미끄러우니 조심해, 천천히 올라가자, 하고 말해주는 것도 좋았다. 때로 1층에 내려와서야 잊은 물건이 생각나 가지러 다시 올라가야 할 때면, 힘들다며 헉헉대는 서로의 모습에 웃음이 터지기도 했다. 그렇게 엘리베이터가 없는 환경에 익숙해져갔다. 작은 부엌에서는 간단히 요리를 해 먹기도 하고, 테이블에는 간소하지만 훌륭한 아침식사가 매일매일 차려졌다. 우리에게는 더없이 완벽한 곳이었다.

숙소에 있을 때면 오전 8시, 그리고 오후 4시에 어김없이 종소리가 울려퍼졌다. 처음에는 조금 느리게 댕— 댕— 하다가 다시 댕 – 댕 – 댕 – 하고 점점 빨라지는 식이었다. 종소리는 숙소 근처의 성당에서 들렸다. 익숙해진 종소리에 8시가 가까워질 때면 창을 열고 종소리가 들려오기를 기다리게 되었다. 이윽고 소리가 들려오면, 마음이 편안해졌다. 어떤 날은 양치를 하며 듣기도 하고, 어떤 날은 테이블에 앉아 아침을 먹으며 듣기도 했다. 종소리는 하루의 시작을 일깨워주는 신호 같았다. 자연스레 종소리로 아침을 맞이하는 날들이 이어졌다.

숙소에서 창을 열면 저 멀리 조그맣게 에펠탑이 보였다. 에펠탑과는 거리가 멀어 전혀 기대하지 않았는데 지나고 나니 숙소에서 가장 좋았던 순간을 안겨준 공간이 바로 창가였다. 대부분의 건물이 낮은 파리에서, 7층 꼭대기의 숙소는 전망대나 마찬가지였다. 눈앞에는 푸른 지붕들이 줄지어 있었고, 끄트머리에는 에펠탑이 비죽이 솟아 있었다. 비록 에펠탑이라기에는 너무 멀리에 있고 작아 보였지만, 그것조차 좋았고 감사했다. 밤이 되면 노란빛을 내뿜던 에펠탑을, 우리는 창가에 나란히 선 채 오래도록 바라보았다.

천장이 비스듬하던, 낡은 나무 계단을 숨이 차도록 올라가야만 했던, 그리고 창밖으로 손톱만한 에펠탑이 빼꼼히 보이던 파리의 숙소. 그곳에서의 마지막 밤, 숙소에 놓인 방명록에 나는 작은 에펠탑 그림과 함께 이렇게 적어두었다.

매 순간이 꿈결 같았고 아름다웠습니다.

사랑하는 나의 소울메이트와 함께 거리를 거닐며 바라본 모든 풍경들을 잊지 못할 거예요.

진심으로, 너무나 행복했습니다.

언젠가 또 이렇게 손을 맞잡고 이곳에 오게 되기를 간절히 바라봅니다.

매일 밤 창밖으로 내다보던 에펠탑이 이곳이 파리임을 새삼 알려주었어요.

감사합니다. Merci Beaucoup!

○

<u>당신의</u>

<u>소원</u>

15. 12. 11
파리에서의 마지막 밤

행운을 빌어요.

동전을 던져 저 기둥 위에 올리면 소원이 이루어진대요.

흔하고 뻔한 미신인 걸 알면서도 나는 괜스레 해보고 싶어
졌어요.

우리가 함께한 첫, 파리였으니까요.

나의 들뜬 마음은 여행 내내 쉬이 가라앉을 줄 몰랐지요.

주머니를 뒤적여 찾아낸 1유로짜리 동전에 온 신경을 집중
해 높이 던져올렸어요.

아쉽게도 나는 실패하고 말았고, 평소 운을 자부하는 당신
은 결국 성공했어요.

자그마한 수로에는 이미 누군가의 소원들이 한가득 쌓여 있
었어요.

이루어지지 못한 소원, 벌써 이루어진 소원과 여전히 이루
어지길 기다리고 있는 소원들까지 한데 뒤섞인 채로 말예요.

2015. paris

그리고 우리는 그 위에 우리의 소원을 얹고 떠나왔죠.

어떤 소원을 빌었는지 당신께 묻지 않았지만, 당신의 표정에서 나는 알 수 있었어요.

아마 당신도 나와 같은 소원을 빌었을 것임을.

2년이 흐른 지금, 그때 빌었던 당신의 소원은 이루어졌나요? 문득 궁금해지는 밤이에요.

듣고 있으면 영화 속에 들어온 듯한
느낌을 주었던 시드니 베쳇Sidney Bechet의
「Si Tu Vois Ma Mère」.

carla bruni

오래도록 즐겨 듣는
카를라 브루니Carla Bruni의
첫번째 앨범 「Quelqu'un M'a Dit」와
「Comme Si De Rien N'etait」 앨범의
곡들은 내가 파리의 분위기에 더욱
젖어들도록 해주었다.

센강을 거닐며 들었던 쥘리 델피Julie Delpy의
「Waltz for a night」「Je T'aime tamt」
「Ocean apart」(「비포 선셋」 OST)
그리고 에티엔 샤리Etienne Charry의
「The rest of my life」(「무드 인디고」 OST).

Before Sunset
and Before Sunrise

Midnight in
Paris

뭐니뭐니해도
파리 여행 최고의 배경음악은
영화 「미드나잇 인 파리」 OST.

숙소에서 창밖을 바라보고, 대화를 나누며 틀어놓았던
빌리 홀리데이Billie Holiday의
「Did I remember」 「I'm painting the town red」와
파리지앵 샤를로트 갱스부르Charlotte Gainsbourg의
「In the end」 「Trick pony」 그리고 듀크 엘링턴Duke Ellington의
「Mood indigo」 「It don't mean a thing」.

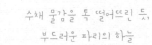

수채 물감을 톡 떨어뜨린 듯,
부드러운 파리의 하늘

조용히 걸으며
생각하고 느낄 수 있는
즐거움

시간의 흔적을 더듬으며
마음에 드는 물건을
들었다 놓았다.

TOKYO

—

도쿄

언제든 떠날 준비

2013. 10. 2 ~ 10. 7
첫, 여행 | 그릇과 컵 | 도쿄의 향

2014. 10. 26 ~ 11. 1
서점에서 보내는 하루

2015. 4. 23 ~ 4. 27
캐릭터의 나라 | 고독한 신주쿠

2016. 4. 9 ~ 4. 13
벚꽃 | 때론 헤매는 것도

2017. 3. 11 ~ 3. 18
돈가스 | 사랑을 보다 | 안녕, 나카메구로

○

첫,

여행

첫번째, 처음, 첫……

　무슨 까닭인지 이 '처음'이라는 말에는 좀더 특별한 울림이 더해지곤 한다. 인생에서 마주한 '첫' 경험들. 첫 걸음마, 첫 울음, 첫 친구, 첫 애완동물, 첫 실패, 첫 직장, 첫사랑 등등. '처음'이 먼저 문을 열어주고 나면 두번째, 세번째 경험들이 뒤따라오며 삶이 만들어지는 것이다.

　나의 첫 해외여행은 20대였다. 그것도 스물다섯 살이 되던 해. 늘 떠나고 싶어 하던 나인데, 되돌아보면 왜 그리 오래 걸렸을까 싶은 생각이 든다. 처음 해외로 떠나는 여행을 어렴풋하게나마 그려본 일은 유치원에 다니던 여섯 살 무렵이었다. 그즈음, 내 방에는 파스텔로 그린 코알라 그림이 벽에 걸려 있었다. 그 그림이 왜 방 한구석에 걸려 있었는지는 모르겠지만, 나는 코알라 그림이 무척 마음에 들었다. 코알라가 호주에 산다는 것을 알게 된 이후로 한참 동안 호주는 가고픈 해외 여행지 첫손가락에 꼽혔다. 어린 마음에 그저 코알라와 캥거루를 직접 눈앞에서 보고 싶다는 생각만 가득하던 때였다. 그리고 오랫동안 가고 싶은 여행지 부동의 1위를 유지하던 호주는 사춘기 무렵, 그 자리를 뺏기고 말았다.

꽤나 감성적인 소녀였던 나는 예술 영화, 그중에서도 프랑스 영화를 좋아했다. 그때부터 쭉 프랑스, 특히 파리는 내 마음속 로망의 도시가 되었다. 대체 언제쯤 외국에 갈 수 있을까, 머릿속으로 파리의 거리를 거니는 내 모습을 상상하곤 했다. 파리가 배경인 영화들을 찾아내어 보고 또 보았다. 미술을 시작한 이후에는 유학을 가고 싶다며 철없이 부모님을 조르던 때도 있었다. (물론, 유학이라는 것은 내 마음대로 쉽사리 선택할 수 있는 일이 아니기에 꿈을 접을 수밖에 없었다.)

청소년기의 나는 떠나고 싶은 마음이 가득했지만 늘 그렇듯 현실은 호락호락하지 않았다. 중고등학생 때부터 학교와 미술 학원을 오가는 바쁜 입시생이었던 나에게 해외여행이란 사치일 뿐이었다. 종종 방학을 이용해 여행을 다녀온 친구들의 이야기를 호기심 어린 눈빛으로 듣거나 출장을 다녀온 부모님께 받은 기념품을 보며 '나도 언젠간!'이라고 생각하는 것이 전부였

여행에 늘 함께하는 캐리어

다. 그렇게 나의 10대는 해외여행과 영영 작별하고야 말았다.

어릴 적 흔히 들을 수 있었던 어른들의 말처럼, 대학생이 되면 무엇이든 마음대로 할 수 있을 줄 알았다. 하지만 이게 웬걸, 갓 20대가 된 대학생에게는 자유보다는 책임감이 더 먼저 다가왔다. 부지런히 아르바이트를 해도 여행은커녕 생활비로 쓰기에도 빠듯했다. 이후 전공을 바꾸어 프리랜스 일러스트레이터가 되었다. 스물다섯이 되던 해, 고생하며 긴 시간을 작업했던 첫 책의 화료를 받았다. 통장에 찍힌 숫자를 보고 또 보며, 나의 마음은 뿌듯함과 기쁨으로 가득 차올랐다. 그리고 드

디어, 결심했다. 여행을 떠나기로!

첫 여행지는 어디가 좋을까, 그 어느 때보다도 신중하게 고민했다. 화료의 일부는 저금을 해야만 했고, 또 일부는 가족들의 선물을 사는 데 쓰기로 했다. 적은 경비로 갈 수 있는 나라는 그리 많지 않았다. 우선 항공권이 저렴해야 했다. 로망 1순위의 파리는 다음으로 미뤄두고, 결국 도쿄를 택했다. 아마 자유여행을 하는 사람들에게 가장 쉬운 난이도의 국가는 일본이 아닐까. 워낙 가깝기 때문에 시간적으로도 부담스럽지 않고, 물가도 썩 비싸진 않으니까. 또 바가지요금이나 소매치기를 걱정할 필요도 없다. 그렇게 나의 첫 해외여행은 도쿄로 정해졌다.

해외로 처음 떠나는 사람에게는 모든 것이 어렵고, 또 모든 것이 설렌다. 짐을 싸는 것부터 공항에 가는 일까지 하나같이 어색하고 낯설기만 하다. 짐은 일주일 전부터 꾸리기 시작했고, 미리미리 인터넷으로 정보를 찾아 노트에 적어두었다. 주의해야 할 점도 찾아보고, 입국신고서 작성법도 알아두었다. 길을 잃는 것이 염려스러워 계속해서 지도를 보고 또 보았다. 결국 여행 전 날에는 들뜬 마음에 밤을 꼬박 새우고서야 공항으로 향했다.

걱정과는 달리 여행은 모든 것이 순조롭게 진행되었다. 빳

빳한 새 여권을 들고서, 최대한 침착하게 행동하려고 애썼던 내가 떠오른다. 비행기 창가 자리에 앉아, 손에 닿을 듯 가까이 있는 구름을 바라보았다. 그때 일기장에 이렇게 적어두었다.

비행기를 타고서 바라본 하늘은 물빛으로 가득하다. 지금 나는 과연 땅으로부터 얼마나 멀리 떨어져 있는 것일까? 사방으로 아무 경계도 보이지 않고, 하늘에는 드문드문 구름들만이 흩어져 있다. 참 아름답다.

그제야 떠나왔다는 사실이 실감났다. 그야말로 평범하고 평온했던 첫 여행이었다. 맛있게 먹고, 부지런히 걷고, 열심히 구경했다. '처음'이라는 사실 하나만으로 모든 것이 즐겁던 여행이었다. 무엇보다 나를 여행에 눈뜨게 했다.

누군가는 나이마다 여행지에서 보이는 것이 다르다고 말한다. 그래서 어릴 적부터 많이 가보는 것이 좋다고. 물론 그럴 수 있는 환경과 여건이 된다면 분명 좋은 경험이 되리라 생각한다. 그 말도 어느 정도 일리는 있지만, 나는 성인이 된 후에 가는 것도 꽤 괜찮은 일이라고 전하고 싶다. 그저 각자의 삶에 맞게 선택하면 되는 것이다. 여행지에서 보고 느끼는 것은 나이보다도 그 사람의 성향이나 성격과 더욱 긴밀하게 연결되어 있다고 생각한다. 스물다섯, 첫 해외여행. 내 또래 사이에서는 조금 늦은 출발이었는지도 모른다. 하지만 그것은 중요하지 않다. 아직 떠나본 적이 없다 한들 또 어떤가, 떠나고자 하는 마음이 있다면 언젠가 여행의 순간은 오기 마련이다.

첫 여행 이후로 나는 매년 적어도 두세 곳으로 여행을 떠났고, 이제는 스스로를 여행자라 여기고 있다. 처음 해외로 떠나던 그때처럼 긴장한 모습으로 공항에 도착하거나, 짐을 일주일씩이나 싸는 일도 이제는 사라졌다. 하지만 여전히 '여행'은 처음과 똑같은 크기와 부피로 나를 설레게 한다.

나는 언제든 떠날 준비가 되어 있다.

○

<u>그릇과</u>

<u>컵</u>

고양이 간식 그릇

견과류 그릇으로
쓰는 중 →

← 고양이가 깬 그릇

나에겐 그 전까지는 전혀 관심이 없다가 혼자 살게 되면서부터 관심이 많아진 물건이 있다. 그건 바로 그릇과 컵이다. 사실 가족과 함께 살았을 때에는 집에 있는 것을 사용하면 되니 딱히 관심을 두지 않았다. 그러다 스무 살 초반, 처음으로 자취를 하면서 내 손으로 직접 그릇과 컵을 고르는 일이 즐거운 과정이라는 걸 깨닫게 되었다. 접시와 숟가락에도 나의 취향을 드러낼 수 있다는 걸 그제야 알게 된 것이다.

나와 내 주변의 친구만 해도 20대 초중반에는 음식과 패션에 꽤 큰 지출을 했다. 아마도 보통의 20대라면 다들 비슷하지 않을까. 그러다 30대가 되면 독립이나 결혼 등으로 주거형태가 변하면서 점차 인테리어나 주방용품 등도 슬며시 장바구니 한자리를 꿰차게 된다. 나도 아직까지는 그릇이나 컵을 사는 데 많은 돈을 쓰지는 않지만, 가끔씩 마음에 드는 그릇을 발견할 때면 그렇게 반갑고 기쁠 수가 없다. 아마 이것도 일종의

'소확행'이 아닐는지.

여행을 가서도 이런 소소한 취미는 계속되었다. 도쿄를 여행할 때, 주방에 관한 모든 것을 살 수 있는 '갓파바시'라는 곳이 있다고 해서 꼭 가봐야겠다고 생각했다. 무언가 사지는 못하더라도, 구경이라도 해보자는 심산이었다. 그래서 나와 A는 전철을 타고서 다와라마치역에 내렸다. 도쿄 시내와는 사뭇 다른 느낌의 한적한 동네였다. 조금 걷자 그릇 시장 거리 초입의 건물 꼭대기에 마스코트인 커다란 요리사 캐릭터가 보였다. 멀리서도 눈에 띄었기에 찾기 어렵지 않았다.

도착해보니 그릇 시장은 그야말로 온갖 주방용품을 위한 장소였다. 베이킹 도구에서부터 다기들, 음식 모형까지! 정말 없는 것이 없었다. 생각보다도 어마어마한 규모에 잠시 정신이 혼미해졌다. 이래서는 시간이 부족해 다 보지 못할 것 같았다. 사고 싶고, 갖고 싶은 것들이 많았지만 꾹 참고 그릇과 컵 상점 위주로 둘러보기로 했다.

내가 주방용품 중에서 특히나 좋아하는 것은 바로 그릇과 컵이다. 가장 많이, 매일매일 사용하기에 그만큼 친밀하게 느껴지기 때문이다. 특히 그릇과 컵이 무언가를 '담는다'는 점이 마음에 들었다. 비어 있는 그릇도 예쁘지만 그 안에 요리를 담았을 때 서로 조화롭게 어울리는 모습을 보는 것이 좋다. 색이나 질감 등이 잘 어우러질 때면 요리가 더욱 돋보이고 맛있게 느껴진다. 그래서 그릇과 컵은 무언가를 담아내는 '도구'이자 그것을 돋보이게 만들어주는 '조력자'와 같다.

이 넓은 시장의 많은 그릇과 컵 들 중에 내 취향에 꼭 맞는 것이 있을까? 모래밭에서 바늘을 찾는 심정으로 여러 상점에서 내놓은 그릇을 바라보았다. 아주 신중하게 두리번두리번. 어떤 그릇은 마음에 들었지만 가격이 비싸 발길을 돌려야 했다. 그러다 한 상점에서 마음에 드는 그릇을 발견했다. 크기는 종지보다 조금 더 큰, 작은 그릇으로 흰 도자기에 빨간 선으로 무늬를 그려넣은 것이 정말 예뻐 보였다. 수수한 인상을 주는 그릇이었다.

뒤이어 방문한 상점에서는 재미난 모양의 그릇들을 구매했다. 넙치 모양과 조개 모양의 도자기 그릇들. 핸드페인팅으로 그림을 그린 것 같았다. 세상에, 넙치 접시라니! 여기에 무엇을 담아야 할지 전혀 감이 오지 않았지만, 투박하고 독특한 멋에 끌리고 말았다. 유명한 브랜드의 그릇들은 물론 말할 것도 없이 훌륭하겠지만, 나는 이런 그릇들이 좋았다. 게다가 가격도 저렴해 더욱 만족스러운 쇼핑을 할 수 있었다. 깨지지 않게 신문지로 둘둘 감싼 몇 개의 그릇들은 그렇게 '선택받은 몸'이 되어 우리 집 부엌 찬장 한구석을 차지했다.

　가장 마음에 들었던 육각형 모양의 작은 그릇은 몇 년 뒤 고양이가 발로 밀어 깨져버렸다. 안타까웠지만 고양이가 다치지 않아 다행이라고 생각하기로 했다. 독특한 생김새의 넙치 모양 접시는 고양이의 간식 그릇이 되었다. 그렇게 도쿄에서 사온 그릇들은 각기 운명을 달리했고 다른 여행지에서 사온 그릇과 컵 들도 마찬가지였다. 가끔은 예상치 못한 사고로 나의 손을 영영 떠난 것도 있지만 모두 나름의 쓰임새를 찾아갔다.

　여행지에서 사온 그릇들은 어쩐지 더 오래도록 쓰고픈 마음이 든다. 그릇을 꺼내어 쓰고, 컵에 음료를 부어 마실 때마다 여행의 추억들을 떠올리게 해주는 고맙고도 유용한 존재이기에. 나는 여행에서 삶으로 들어온 이 특별한 그릇들이 언제까지고 내 부엌에 자리하기를 진심으로 바란다.

○

서점에서
보내는
하루

蔦屋書店
TSUTAYA BOOKS

여행을 하면 꼭 빼놓지 않고 들르는 곳이 있다. 미리 찾아두었다가 가기도 하고, 지나가다 우연히 발견하고 들어가기도 하는 곳. 바로 여행하고 있는 도시의 '서점'이다. 그 나라 언어를 읽을 줄도 모르는데 무슨 서점이냐고 생각하는 사람도 있겠지만(물론 읽을 수 있다면 더 바랄 것이 없겠지만!), 서점에는 글이 없는 책도 아주 많으며 언어가 통하지 않아도 충분히 즐길 수 있다. 서점이야말로 하루 종일 있어도 지겨울 틈이 없는 근사한 여행지가 아닐까.

나는 외국의 서점에 가면, 먼저 한 바퀴 돌아보며 전체적인 섹션별 구성을 훑는다. 그중에는 유독 흥미가 가는 분야가 있기 마련인데, 내 경우 요리, 반려동물, 패션, 동화책, 사진 등이 그렇다. 대부분 까막눈이어도 충분히 볼 수 있는 책들이다. 사진집 같은 경우는 말할 것도 없이 취향에 따라 쉽게 고를 수 있어서 좋다. 표지만 보아도 어느 정도 주제나 느낌을 알 수 있다. 제목을 읽을 줄 모르니 책을 고를 때에는 무조건적으로 '표지'에만 의지하게 되는데, 마음에 드는 표지가 나올 때까지 한 권, 한 권 찾아보는 것은 마치 보물찾기를 할 때의 기분과 같다. 분명 어딘가에 숨어 있을 것을 알기에, 두근거리는 마음으로 찾다보면 어느새 내 손에는 영광의 보물이 쥐어진다. 하지만 때로는 표지가 마음에 들어 펼쳐보았더니 글만 잔뜩 있는 소설책이라 실망하기도 하고, 내지가 표지와는 전혀 다른 느낌이라 아쉬운 마음으로 다시 내려놓는 일도 있다. 그렇게 인고의 시간 끝에 찾아낸 몇 권의 책들을 구매하는 순간은 밥을 먹거나 옷을 사는 것보다 내게 더 큰 만족감을 준다. 참 다디달다. 그 뿌듯한 기분이란! 상상만으로도 즐겁다.

내가 가장 좋아하는 서점을 꼽으라면 다이칸야마의 쓰타야가 세 손가락 안에 들 것이다. 쓰타야 서점은 워낙 규모가 크고 유명한지라 처음에는 큰 기대를 하지 않았다. 오히려 어디든 너무 유명한 곳들은 내 취향이 아닌 경우가 많았다. 물론 쓰타야 서점도 그 유명세에 걸맞게 꽤 붐비기는 했지만, 특유의 조용한 분위기가 감돌아 혼잡하다는 느낌은 들지 않았다. 쓰타야 서점은 모두 스타벅스와 함께 붙어 있었는데, 서점 안에 은은하게 퍼지는 원두 향은 여느 때보다 감미롭게 느껴졌다.

↓
쓰타야에서
사온 좋아하는
책과 CD

　도쿄를 방문할 때마다 일정 중 하루 정도는 진종일 서점에서 보내곤 했다. 대체로 A와 함께였는데, 우리는 우선 책을 탐색할 시간을 충분히 갖고, 각자 마음에 드는 책을 몇 권 챙긴 후 미리 정해둔 곳에서 만났다. 그리고 커피를 사온 뒤 서점 내에 마련된 테이블에 앉아 천천히 책을 보았다.

　가끔 떠오르는 것들을 노트에 그리거나 적기도 하며. 낮게 소곤거리는 목소리와 책장을 넘기는 소리, 커피 향으로 가득한 그곳에서 한참 동안 여유를 만끽하다보면 몇 시간이 훌쩍 지나 있곤 했다. 그리고는 골랐던 책들 중 마음에 드는 것들을 추려서 구입하고, 곧장 2층으로 올라갔다. 귀여운 고양이 사진집과 여행 책, 여러 원피스를 만들 수 있는 패턴 북, 잡지와 만화

책을 양손 가득 들고서.

　서점 위층은 음반 섹션인데, 이곳도 서점 못지않게 내가 좋아하는 장소다. 특히나 재즈 음반이 많아 방앗간을 그냥 지나치지 못하는 참새처럼 한참을 머무르곤 했다. 재즈만 해도 익숙한 음반들부터 처음 보는 것들까지 그 양이 실로 방대했다. 어떤 날에는 음반을 뒤적이다 발견한 좋아하는 재즈 피아니스트 듀크 엘링턴의 CD를 구매하려고 했는데, 알고 보니 그 CD는 대여 전용이었다. 너무나 아쉬웠지만, 대신에 나의 귀를 사로잡은 낯선 재즈밴드의 앨범을 손에 쥐었다. 이름을 검색해봤지만 많이 유명한 편은 아닌지, 정보가 거의 나오질 않았다. 어쩌면 이 음반은 이곳이기에 나한테 올 수 있지 않았을까. 해변을 걷다 우연히 모래사장 속에서 반짝이는 보석을 발견한 것만 같았다. 품에 한 아름 책과 CD를 안고 돌아오는 길에는 내

가 정말 부자가 된 것만 같은 기분이 들었다.

　일상으로 돌아와 익숙한 우리 집 소파에 앉아 쓰타야에서 사온 CD를 틀어놓고, 책을 보고 있자니 그때의 공기가 코끝에 스치는 듯했다. 눈을 감자 파노라마처럼 모든 것이 생생하게 펼쳐졌다. 지금도 책장에는 여행의 흔적이 여전히 남아 있다.

○

캐릭터의

나라

↖ 안경 케이스

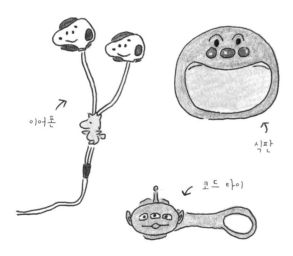

↗

이어폰

↗

식판

↖ 코드 타이

흔히 사람들은 일본을 캐릭터 강국이라고 표현한다. 틀린 말은 아니다. 처음 도쿄를 여행했을 때부터 지금까지도, 그 생각은 유효하다. 일러스트를 배우러 학원을 다니던 시절, 선생님께서 그런 말씀을 하신 적이 있었다. 일본은 우리보다 일러스트 분야에서 딱 30년 정도 앞서 있다고. 그 말을 듣고서 안타깝기도 하고, 부럽기도 하고, 또 화가 나기도 했다. 그래서 나에게 일본은 어찌 보면 넘어야 할 산이자 이기고 싶은 경쟁 상대처럼 느껴진다. 가끔은 왠지 모를 사명감마저 들곤 했다. 지피지기면 백전백승이라고 하지 않던가. 그래서 도쿄에 갈 때면 꼭 캐릭터 제품을 파는 숍에 방문했고, 크고 작은 전시회를 보려고 노력했다.

사실 굳이 그러한 노력 없이도 도쿄를 여행하다보면 곳곳에서 쉽게 일러스트나 캐릭터를 마주할 수 있다. 지하철의 광고판이나 상점, 길거리 곳곳에 캐릭터가 가득했다. 일본 사람들의 캐릭터 사랑은 어쩌나 대단한지, 가끔은 입을 다물기 어려울 정도였다. 일러스트레이터로서는 슬며시 부러운 마음이 피어올랐다. 한국에서는 '일러스트레이터'라는 직업으로 먹고사는 일이 여전히 쉽지 않기에 일러스트가 크게 활성화된 시장이 있는 곳을 보면 특히나 그랬다.

시부야에는 '키디랜드'라는 곳이 있다. 다양한 캐릭터들과 관련 제품들을 파는 곳인데, 지하부터 4층까지 건물 하나가 모두 캐릭터 상품으로 가득하다. 유명한 호빵맨이나 보노보노, 리락쿠마 같은 일본 캐릭터부터 스누피, 디즈니, 해리 포터까지 정말 없는 게 없는 곳이다. 더욱 놀라웠던 점은 생각지도 못한 상품이나 컬래버레이션이 존재한다는 것이었다.

예를 들어 호빵맨 코너에 가면, 주인공인 호빵맨뿐만 아니라 식빵맨, 카레빵맨부터 세균맨, 그 외에 마니아가 아니라면 이름도 알기 어려운 조연 캐릭터의 상품도 있었다. 보통은 주인공으로만 제품을 만들기 마련인데, 결코 그렇지 않았다. 그리고 노트, 펜, 스티커와 같은 문구류부터 인형, 옷, 슬리퍼, 젓가락, 도시락통, 열쇠고리, 이어폰, 물티슈 등등 일일이 열거하기도 힘들 정도로 많은 종류의 캐릭터 제품들이 넘쳐났다. 그야말로 넘쳐난다는 표현이 정확하다. 사람이 사용하고 쓰는 모

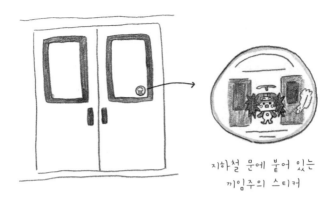

지하철 문에 붙어 있는
끼임주의 스티커

든 물건에 다 캐릭터를 넣은 것만 같았다.

한 번은 이런 제품도 본 적이 있다. 리락쿠마라는 곰 캐릭터와 일본의 철도회사 중 하나인 JR선의 컬래버레이션인 듯했다. 우리나라로 치면, 아기공룡 둘리와 지하철 4호선(쌍문역)의 컬래버레이션쯤 되려나(둘리는 도봉구 쌍문동 출신이다). 캐릭터는 역무원 옷을 입고 있고, 여러 제품들에서는 전철 일러스트가 보였다. 층마다 나온 지 얼마 되지 않은 새로운 캐릭터부터 오랜 시간 사랑받고 있는 캐릭터들까지 그야말로 다양했다. 정말 캐릭터의 나라, 마니아의 나라라는 생각이 들었다. 이렇게까지 캐릭터 제품들이 많은 것이 신기하고, 그것들이 모두 팔린다는 것은 더욱 신기했다. 소비자가 존재해야 이 모든 캐릭터 제품들이 나올 수 있을 테니.

여행을 하며 키디랜드뿐만 아니라 크고 작은 다양한 장소에서 재미있는 캐릭터와 일러스트를 많이 보았다. '캐릭터'하면 떠올리기 쉬운 강아지, 고양이, 토끼 등 귀여운 동물은 물론이거니와 상상치도 못한 캐릭터들도 있었다. 연어로 만든 캐릭터도 보았고, 뱃사공, 라이터, 감자, 심지어는 (강을 건너게 해주는) 다리마저 캐릭터가 있었다. 이쯤되면 도대체 없는 캐릭터가 무엇일지 궁금해질 정도인데, 아마 찾기 힘들지 않을까. 귀엽지 않은 것마저 귀여운 캐릭터로 바꿔버리는 것이 일본인 것 같다. 때로는 귀여운 것을 귀엽지 않게 바꿔버리기도 하지만.

최근 우리나라도 다양한 플랫폼에서 각종 캐릭터들이 쏟아지고 있다. 앞으로 보여줄 것들이 무궁무진하기에 기대가 된달까. 좋은 일러스트와 캐릭터가 더 많이 나올 것이고, 사람들도 이 분야에 더 관심을 갖게 될 것이라고 믿는다. 나 또한 앞장서서 노력해야겠다고 늘 생각하고 있다. 우리나라도 언젠가는 삶의 곳곳에서 더욱 친밀하고 자연스럽게 캐릭터와, 일러스트가, 그림이, 그리고 예술이 함께하기를 바라고 또 바란다.

○

고독한

신주쿠

밤늦은 시간까지 불빛이 꺼지지 않는 도시 한복판을 거닐다 보면 괜스레 마음 한구석이 시큰거릴 때가 있다. 모든 도시가 다 그런 것은 아니다. 하지만 서울에서도 그랬고 도쿄에서도 마찬가지였다. 여행에서 우리는 늘 즐거울 수만은 없다. 때로는 외로움을 벗 삼는 순간이 올 때도 있다.

언제 어느 때고 사람이 늘 붐비는 신주쿠 거리에서 인파 속에 몸을 맡기고 걷노라면 왠지 나는 멈춰 있고, 주변 사람들만 빠르게 바뀌어가는 듯한 느낌을 받는다. 마치 타임랩스 영상 속에서 나 홀로 우두커니 서 있는 것만 같다. 특히나 늦은 밤의 인파는 이상하게도 나를 외롭게 한다. 더욱이 아는 이 하나 없는 타국에서는 그런 감정이 한층 더 깊어진다. 내 귀에 들려오는 것은 온통 모르는 단어와 문장들뿐이고, 그것은 나의 머릿속에 도달하지 못하고 그저 귀에서 웅웅거리다 사라져버릴 뿐이다. 나 혼자 우주 한복판에 내던져진 느낌마저 든다.

아무리 애를 써도 인간이란 근본적으론 혼자일 수밖에 없다. 타인을 이해하려 노력해봐도 내가 온전히 그 사람이 될 수는 없는 일이다. 조금 전까지 내 곁에 서 있던, 물리적으로는 아주 근접한 누군가도 실상은 그저 스쳐 지나가는 누군가일 뿐이다. 나뿐만 아니라 지금 이곳에 있는 양복을 입고 서류가방을 든 회사원, 친구와 재잘거리며 이야기를 나누는 청년들, 교복을 입고 무리지어 지나가는 학생들, 구석에 서서 담배를 피우고 있는 아저씨, 바쁜 걸음을 재촉하는 젊은 여성 모두 마음속 어딘가에는 깊은 고독을 안고 살아가는지도 모른다.

순간 드라마 「심야식당」의 오프닝 장면이 떠올랐다. 「심야식당」도 신주쿠의 골든가이를 배경으로 만들어졌다고 하던데, 그래서인지 내가 그 속에 들어와 있는 듯한 기분마저 들었다. 어디선가 쓸쓸한 OST가 들려올 것만 같다.

A와 함께 말없이 이자카야가 있는 골목으로 향했다. 우리의 '심야식당'이 되어줄 곳을 찾아서. 어둑하고 좁지만 시원한 맥주와 따뜻한 안주를 내어주는 심야식당에서 우리는 외로움을 덜어낼 수 있을지도 모른다. 기다란 그림자를 포개는 이 시간이 서로를 가깝게 만든다. 고독이 옅어지는 밤이 지나간다.

○

때론

헤매는 것도

Tokyo

낯선 도시에서 길을 잃어도 나는 결코 두렵지 않았다. 그럴 땐 휴대전화 화면 속 지도에서 시선을 떼고 주머니 깊숙한 곳에 넣어버린다. 고개를 들어 주변을 바라보면 온통 새로운 풍경이 펼쳐져 있다. 지금 나는 여행자 신분으로 이곳에 와 있다. 불안할 필요도, 조급할 이유도 없다. 나의 시간은 온전히 나의 것인데, 그 누가 꾸짖으랴! 그저 즐거운 방랑자가 되어 골목골목을 샅샅이 누빈다. 주어진 완전한 자유를 만끽한다. 느긋한 마음으로 거리를 거닐다보면 다시 없을 이 순간들이 어찌나 사랑스럽게 느껴지는지 모른다.

집집마다 내어둔 화분들, 자전거를 타고 지나가는 노인들, 바람에 펄럭이는 새하얀 빨래들, 나와 스쳐 지나가는 사람들…… 발길 닿는 모든 곳에서 아름다움과 마주한다. 어느 도시에서나 으레 마찬가지였다. 나는 점차 거리에 스며들었고, 편안한 행복이 나를 에워쌌다. 조금 돌아가도 괜찮다. 조금 늦

2017. Tokyo
소라껍데기를 가득
모아놓은 누군가의 집 앞

어져도 괜찮다. 이런 하루는 결코 무의미한 날이 아니었다. 오
히려 헤매고 헤매다 다다른 길 끝에는 우연한 행운이 기다리
고 있는 일이 더 많았다. 가령 막 구운 빵을 팔고 있는 빵집이
라거나, 뻗어나간 가지가 유려한 커다란 수목, 귀를 잡아끄는
거리의 연주자 같은. 헤매지 않았더라면 절대로 마주하지 못했
을 그런 행복들이 언제나 우리의 주위에서 몸을 웅크리고 숨
어 있을 것이다. 어서 자신을 발견해주길 간절히 바라면서.

○

<u>벚꽃</u>

2016. Tokyo

●

이렇게 흐드러지게 핀 벚꽃을 보는 일이 대체 얼마만인지. 스물한 살이 되던 해 봄, A와 함께 생에 처음으로 벚꽃 구경을 갔었다. 주말의 여의도는 어찌나 붐비던지, 길을 따라 죽 늘어서 있던 벚나무들보다 더 많은 사람을 마주한 하루로 기억된다. 그래도 얼마나 행복했는지 그날 찍었던 사진 속 우리는 더없이 환하게 웃는 얼굴을 하고 있다. 우리는 함께 덜 붐비는 곳을 찾아 돗자리를 깔고 앉아, 도시락을 나눠 먹고 해가 지도록 이야기를 나누었다. 여느 연인들처럼 떨어진 벚꽃 잎을 주워 서로의 귓가에 꽂아주며 웃었고 벚꽃의 연한 분홍빛을 닮은, 그 커다랗고 다디단 솜사탕을 어린아이처럼 먹었더랬다.

7년이 흐른 지금, 우리는 다시 벚꽃이 가득한 거리를 함께 걷는다. 강물 위로 하나둘 떨어지는 벚꽃 잎은 반짝이는 흰 눈송이 같았고, 메구로 강가를 향해 벚나무 가지가 길게 늘어진 모습은 그 자체로 어여뻤다. 연약하고 보드라운 꽃잎은 아주 천천히 떨어져 강물에 닿았다. 그리고 강물을 따라 떨어진 벚꽃잎들이 모여 흘러가는 모습에 이상하리만큼 마음을 뺏겨버렸다. 그 아름다움에 세상이 멈추어버린 듯, 우리는 꽃잎들의 유영을 아무 말 없이 한참 동안 숨죽여 바라보았다.

그러다 A의 머리와 어깨 위로 톡, 벚꽃 잎이 떨어졌다. 나도 벚꽃 잎이 되어 그에게 흩날리고 싶다고 생각했다. 그러면 그는 강물이 되어 조용히 나를 품어주지 않을까. 강물에 스며든 벚꽃이 반짝이듯 그도 나의 우주가 되어주지 않을까.

○

돈가스

2017. Tokyo

조금 늦은 저녁 시간, 80년 가까이 되었다는 돈가스 전문점은 사람들로 북적였다. 넓은 가게 안을 꽉 채우고 있는 커다란 ㄷ자 모양의 좌석은 안쪽 공간을 훤히 들여다볼 수 있는 구조였다. 특이한 구조의 이 부엌에서는 하얀 위생 모자를 쓰고, 마찬가지로 하얀 유니폼을 정갈하게 맞춰 입은 요리사들이 있었다.

열댓 명 가까이 되는 요리사들이 오픈 키친에 있었지만, 혼잡하다는 생각은 들지 않았다. 그들은 수없이 반복해서 동작을 맞춰본 배우들처럼 익숙하게 각자의 역할을 해내고 있었다. 물 흐르듯 유연하게 계속되는 눈앞의 풍경은 그야말로 생생한 한 편의 드라마 같았다. 하나같이 아주 진지한 모습이었다. 누군가는 접시를 나르고, 누군가는 고기를 기름에 넣고, 또다른 누군가는 갓 튀겨낸 돈가스를 칼로 잘랐다. 이 일련의 동작들이 리듬감 있게 반복되었다. 주문을 받고, 서빙을 해주시는 분들도 각기 맡은 구역이 있는 것 같았다.

기름에 고기를 퐁당! 던져넣자 돈가스가 기름에 튀겨지는 소리가 들려온다. 언제 들어도 침샘을 자극하는 그 소리. 지글지글, 얼마간의 시간이 지난 뒤에 건져올린 돈가스는 적당한 갈색빛을 띠고 있었다. 그 뜨거운 돈가스를 머리가 하얗게 센 할아버지 요리사분께서 칼로 서걱서걱 잘라냈다. 너무 뜨겁지 않을까? 손끝이 발갛게 익은 듯했는데, 내내 허리를 수그린 채 칼질에만 집중하는 모습에서는 장인정신이 느껴졌다. 돈가스를 만드는 모든 과정을 손님들에게 보여주는 것에서 자신감을 엿볼 수 있었다. '우리는 이렇게 80년 동안 돈가스를 만들어왔다' 하고 행동으로 말하는 것 같았다.

눈앞에서 만들어진 돈가스 두 접시가 우리에게로 왔다. 하나는 로스, 하나는 히레. 풍성하게 쌓아올린 양배추, 적당한 두께의 돈가스 그리고 겨자 한 스푼이 접시에 담겨 있었다. 겨자를 살짝 찍어 돈가스를 베어 물자, 바사삭 하고 기분 좋은 소리가 났다. 돈가스의 튀김옷과 고기 사이에는 약간의 틈이 있었다. 그래서인지 식감이 좋았다. 돈가스는 별로 느끼하지 않았고, 맥주와 함께 먹으니 아주 든든했다. 무엇보다 만드는 과정을 직접 보고나서 맛보게 되니 왠지 모를 신뢰감이 생겨 더 맛있게 느껴졌다.

돈가스 한 접시가 만들어지는 과정처럼 때로는 모든 일에서도 결과물만이 아닌 과정을 보여주는 것이 필요할지 모른다. 그것이 익숙하지 않고 부끄러울 수도 있지만 때로는 더 나은 결과를 위한 길일 수도 있을 것 같다고, 이런 의외의 장소에서 생각하게 되었다. 시간과 노력이 쌓여 만들어진 노포 돈가스 식당은 그래서 더욱 빛나 보이던 곳이었다.

언젠가는 나도 저런 장인이 될 수 있을까? 잠시 동안 그런 상상을 하며 막을 내린 연극을 뒤로하듯 뭉클해진 기분으로 그곳을 빠져나왔다.

○

사랑을
보다

2017. Tokyo

봄이라기엔 아직 서늘한 기온에 몸을 움츠리던 3월이었다. 추위에 굳은 몸을 녹이려 숙소 근처의 카페 2층에 앉아 따뜻한 라테를 마시고 있었다. 커다란 테이블이 중앙에 하나 놓여 있는 것이 전부인 자그마한 공간이었다. 카페 바로 옆으로는 전철 선로가 보였다. 2층 창 너머로 몇 분마다 전철이 덜컹이며 지나갔고, 그때마다 카페는 작게 흔들렸다. A는 숙소에 두고 온 것을 찾으러 가기 위해 잠시 자리를 비웠다. 그를 기다리며 혼자 멍하니 창밖으로 전철이 나타났다가 다시 사라지는 모습을 눈으로 쫓고 있었다. 그렇게 얼마간의 시간이 흐르고, 2층의 문이 열리는 소리에 나는 무심코 뒤를 돌아보았다.

한 남자와 어린 여자아이가 카페로 들어왔다. 그리고 맞은편 자리에 앉은 두 사람. 자연스레 나와 그들은 서로 마주보게 되었다. 여자아이는 서너 살쯤 되어 보였고, 남자는 아이의 아빠인 듯했다. 아이는 인형을 안고 있었는데, 이내 그 인형으로 놀이를 하기 시작했다. 그러자 아이의 아빠는 입가에 함박웃음을 띤 채로 연신 아이의 말에 고개를 끄덕여주었다. 딸을 바라보는 그의 눈에서 사랑이 뚝, 뚝, 떨어지는 것만 같았다. 그야말로 세상을 다 가진듯한 표정이었다. 어쩜 저렇게 행복해 보일 수 있을까? 한 테이블에 앉아 있던 나와, 다른 손님들은 그 부녀의 모습에 시선을 빼앗기고 말았다. 그가 뿜어낸 사랑과 행복의 아우라가 공간을 가득 메우고 있었다. 아, 저럴 수도 있구나. 참 묘한 느낌이었다.

카페에서 다정한 아빠와 딸의 모습을 흔히 보지 못해서일까, 더욱 그들에게 눈길이 갔다. 아무리 좋아도, 기뻐도 나의 밝은 감정들 뒤에 늘 그림자처럼 따라붙던 약간의 우울과 걱정, 피로감 따위를 두 사람에게서는 조금도 찾아볼 수 없었다. 오로지 사랑과 행복, 기쁨만이 존재하는 듯했다. 괜스레 마음이 울컥해졌다. 낯선 곳에서 만난 낯선 이의 눈에서, 몸짓에서 나는 사랑을 보았다.

부모의 마음이란 대체 어떤 것일까. 어떻기에 저렇게 한없이 포근하고 다정할 수 있는 걸까? 아직 부모가 되어보지 못한 나는 그 마음을 다 헤아릴 순 없으리라. 보통 자식을 향한 부모

의 사랑은 그 반대의 경우보다 더 크기 마련이니까. 사랑의 양
을 가늠하기란 어려운 일이지만, 딸에 대한 남자의 애정은 언
뜻 보아도 어마어마하다는 것이 느껴졌다. 그는 커피를 마시면
서도 계속해서 딸과 이야기를 나누며 놀아주었고, 그 모습이
너무 따스하게 느껴져 나도 모르게 두 사람의 모습을 그림으
로 담았다.

　　그가 자리를 치우고 일어서서 나갈 때, 다가가 그림을 슬쩍
건네주었다. 딸과 함께 있는 모습이 너무 아름다워 그렸다고,
그림은 두 사람에게 주는 선물이라고. 그는 정말 환하게 웃으

며 기뻐했다. 딸에게 그림을 손가락으로 가리키며 "이건 너란다, 하루짱"이라고 설명해주는 듯했다. 몇 번이고 내게 감사하다며 인사하는 그를 보며 도리어 내가 그 부녀에게 마음의 선물을 받은 것 같았다.

가슴속이 무엇인가로 뜨겁게 차오르는 것을 느꼈다. 먼 훗날 그때도 그가 내 그림을 계속 지니고 있다면, 딸에게 꼭 말해주었으면 좋겠다. 아빠가 너를 정말 많이 사랑해서, 누군가 그 모습을 그림으로 남겨준 거라고. 딸을 품에 안고 걸어가는 그의 뒷모습을 바라보며 세상의 모든 부모의 마음을 헤아려본다.

○

<u>안녕,</u>

<u>나카메구로</u>

2017. 3
Tokyo

●

여행을 하는 동안 내가 머무르는 숙소 그 이상으로 여행에서 중요한 역할을 하는 것이 있다. 그것은 바로 숙소가 위치한 동네의 분위기이다.

사실 한 번도 가보지 못한 여행지라면 이 부분은 어느 정도 운에 맡겨야 할지도 모르겠다. 동네의 분위기라는 것은 직접 경험하지 않고서는 확실히 알 수가 없으니 말이다. 보통은 숙소를 고를 때 이동 거리나 교통편 등을 고려해 위치를 정할 것이다. 그래서 나도 도쿄를 갈 때 신주쿠, 시부야 쪽의 숙소를 주로 이용하곤 했다. 시내라 확실히 북적이기는 하지만 그만큼 편의시설이 가깝고, 교통이 편리하다는 장점이 있었다. 그러다 이번에는 나카메구로가 어떨까? 하는 생각이 들었다.

나카메구로는 도쿄 여행 때마다 늘 왔던 장소였다. 가보고 싶었던 쓰케멘 가게가 있어 오기도 했었고, 궁금했던 카페를 가보려고 온 적도 있었다. 내게 나카메구로는 좁다랗게 흘러가는 강이 있는, 한산한 느낌을 주는 동네였다. 이리저리 찾아본 끝에 적당한 가격의 깔끔해 보이는 숙소를 찾았다. 엘리베이터가 없다는 점이 아쉬웠지만, 웬만해서는 한 숙소에서 길게 머무르는 타입이기에 캐리어를 들고 오르내리게 되는 일은 두 번만 고생하면 된다는 마음으로 단숨에 결정해버렸다.

공항에서 나카메구로 숙소를 찾아가는 일은 결코 순탄하지 않았다. 무거운 캐리어를 끌고 전철을 갈아타야 했고, 역에서 내려서 지도가 알려주는 방향을 따라가자 가파른 오르막길이 나타나기도 했다. 그래도 햇살이 좋았고, 새로운 동네를 구석구석 구경하는 것이 꽤 재미있었기에 힘들지 않았다. 드디어 도착한 숙소는 아이보리색 페인트로 칠해진 복도식 주택이었다. 뻥 뚫린 복도 너머로 나무들과 건너편 건물에 널려 있는 빨래가 눈에 들어왔다. 정말 사람들이 살고 있긴 한 건지 의심스러울 정도로 적막하고 고요한 주택가였다. 관광객이 올 법한 장소는 아닌 듯했다.

숙소는 생각보다 넓고 깨끗했다. 창문 너머로는 텅 비어 있는 야구 연습장이 보였고, 방 안으로 햇살이 길게 들어와 더욱 따뜻하고 아늑한 느낌이었다.

짐을 풀고, 샤워를 하고, 잠시 쉬었다가 점심을 먹으러 밖으로 나왔다. 채도가 낮은 차분한 색상의 건물들이 이어졌고 군데군데 심어놓은 나무와 식물 들이 조화로운 모습이었다. 동네의 풍경이 눈을 사로잡았다. 그리고 싶은 것들이 많이 보였다. 조금 더 걸어 주택가를 빠져나가자 메구로강이 나타났다. 이번 숙소 선택이 꽤나 성공적이라는 생각이 들었다.

조용하고 여유로운 동네에 머무르니 자연히 우리도 느긋해졌다. 다른 곳에서 머물며 나카메구로를 잠깐씩 들를 때와는 확연히 다른 느낌이었다. 아침에는 동네를 한 바퀴 산책했다. 어린이집 앞을 지날 때엔 아이들이 부르는 동요가 청아하게 울려퍼졌다. 또 걷다보면 출근을 서두르는 회사원도 보였다. 일상에서 떠나와 일상으로 스미는 여행이었다. 무언가를 하려고 억지로 애쓰지 않고, 그저 몸과 마음이 이끄는 대로 자연스레 흘러가는 여행이었다.

여행을 하며 머무르는 동안 나는 점차 그 도시에 정이 들었다. 어떤 곳이라도 그랬다. 그렇게 마음을 주고 떠나온 내가 그리움에 사무치는 것은 당연지사. 다시 그곳을 가게 될 날만을 손꼽아 기다리곤 했다. 그렇게 다시 찾은 도시는 익숙한 모습으로 나를 반겨주었다. 그리고 그 익숙함 뒤에는 어김없이 새로움이 따라왔다. 시간이 흐르고 계절이 바뀌어가는 만큼, 도시는 자세히 보면 조금씩 달라진 모습을 하고 있었다. 같은 곳

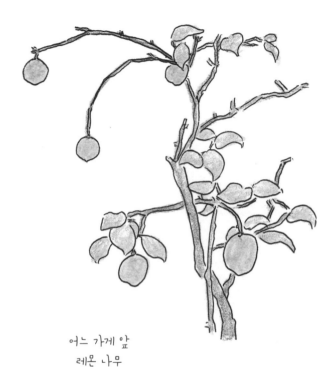

어느 가게 앞
레몬 나무

2017. 3
Tokyo

이 주는 생경한 느낌, 그게 여행이 안겨주는 즐거움이었다.

나카메구로에 머무는 동안 유독 그림을 많이 그렸다. 그림의 대부분은 이 동네의 모습과, 이곳의 사람들이었다. 우리는 그림 그리기에 좋은 장소도 곧 발견해냈다. 꽤 유명한 카페인데, 커피 맛은 물론이고 공간이 넓고 한적해 그야말로 최적의 장소였다. 우리는 여행 내내 틈만 나면 그 카페에 가서 그림을 그렸다. 계속 카페를 방문하다보니 그곳의 바리스타들이 우리에 대해 궁금했던 모양이었다. 이런저런 얘기를 나누게 되었고, 알고 보니 서로 나이도 엇비슷하다는 것을 알게 되었다. 그래서일까, 우리들은 금세 친해졌다.

대화에는 웃음이 오갔다. 그중 한 바리스타는 한국어를 배우고 있다며 서툰 한국어로 수줍게 말을 건네기도 했다. 그들은 우리가 올 때마다 매번 있었던 짧은 금발의 여자 손님을 소개해주기도 했다. 미국의 만화가라고 했다. 이곳에서 많은 인연이 닿았다. 여행을 마치고 한국으로 돌아오던 날에는 마지막으로 들러 그림을 그려 그들에게 선물로 주었다. 다시 또 만나자는 인사와 함께.

짧은 시간이었지만 단골 카페가, 좋아하는 골목이, 정들어버린 사람들이 생겼다. 한가로운 여행이었지만 마음에 남는 것은 아주 많았다. 흔한 노랫말처럼 행복이라는 게 참 별것 아니라는 생각이 들었다. 여행을 마치고 돌아오는 길은 늘 아쉽지만 이번에는 유난히 더 아쉽게 느껴졌다. 조금만 더 머무르고 싶다는 마음이 간절했다.

일주일의 시간 동안 나카메구로는 나의 동네였다. 다음에 다시 이곳에 온다 하더라도 분명 지금과 똑같지 않으리라는 것을 알고 있다. 그렇기에 더 소중한 이번 여행을 머릿속에 꼭꼭 눌러 담았다. 익숙해진 골목을 떠나오며 나는 작게 속삭였다. 안녕, 나카메구로.

○

<u>도쿄의</u>

<u>향</u>

도시마다 지니고 있는 향

어떤 순간은 향기로 기억된다. 그리움이나 설렘 같은 감정을 더해주기에. 향기는 눈에 보이지도, 손에 잡을 수도 없어 더욱 아련하다. 중학교 1학년일 때, 파트리크 쥐스킨트의 소설 『향수』를 처음 읽었다. 후에 영화로도 만들어져 지금은 꽤나 유명해진 이 소설을 과외 선생님의 추천을 받아 읽었다. 당시에는 꽤나 충격적인 내용이라고 생각했지만 손에서 놓지 못하고 이야기에 빠져들어가듯 몰입해서 읽었던 기억이 난다. 나는 '향'이 가지고 있는 힘에 깊이 공감했다.

사람들은 모두 자신이 좋아하는 향이 있다. 비에 젖은 풀 향, 노릇하게 구워지고 있는 빵 냄새, 원두를 볶을 때 풍겨오는 커피 향, 수영장 냄새(아마도 소독약 냄새!), 고양이 뒤통수에 코를 박으면 은은하게 느껴지는 고양이 향, 햇볕에 잘 말린 이불 냄새. 이것들은 다 내가 좋아하는 향기다. 때때로 '이 향기들을 향수로 만들어 병에 담아두었다가 그리울 때 꺼내어 음미한다면 얼마나 좋을까' 하고 상상한다. 기분에 따라 그것은 위로가 되기도 하고, 즐거움을 주기도 할 테니까. 세상에는 수천수만 가지의 향수가 존재하지만, 나는 진정으로 '향'을 소유하는 것은 불가능하다고 생각한다. 아무리 노력해도 시간이 흐르면 향기는 자연스레 공기 중으로 사라지고 만다. 붙잡아둘 수 없다. 향이란 그런 것이다.

처음 비행기를 타고 나리타공항에 발을 디디던 순간, 가장 먼저 내 오감을 건드린 것은 다름 아닌 '향'이었다. 코를 타고 들어오는 특유의 향이 나를 사로잡았다. 물에 젖은 나무 냄새 같기도 했고, 돌이나 이끼 냄새 같기도 했으며, 포근하면서도 더운 느낌의 처음 맡아보는 독특한 냄새가 났다. 이 특유의 냄새는 공항뿐만 아니라 지하철에서도, 거리에서도, 심지어는 숙소에서도 코를 스쳤다. 이 냄새는 이곳만의 향, 도쿄의 향이었다. 이후에 다른 나라의 여러 도시들을 여행하며 나는 더욱 확실히 깨닫게 되었다. 각 도시는 저마다 독특한 향을 지니고 있다고. 이것은 단순히 하나의 향이 아니라, 여러 가지가 한데 뒤섞여 나는 향이었다.

나에게 도쿄의 향은 습기를 머금은 나무와 구운 소금, 부드러운 솜이불 따위를 떠올리게 했다. 향을 말과 글로 표현한다는 것은 생각보다 어려운 일이고, 그것은 희뿌연 안갯속에서 손을 더듬어가며 길을 찾는 것 같다. 게다가 같은 향을 맡아도 누군가는 또다른 것들을 떠올릴 것이다. 그러면 그것은 그 사람의 '도쿄의 향'이 된다.

신기하게도 한국에 도착할 때는 언제나 그랬듯 아무런 특별한 냄새를 맡지 못했다. 내가 이곳에 오래 살았기에, 잠시의 여행으로는 내 안에 깊이 스며든 한국의 향을 알아채지 못한 것일지도 모른다.

집에 돌아와 캐리어를 펼쳤는데, 옷에서는 '도쿄의 향'이 났다. 숙소의 대문을 열 때마다 맡았던 바로 그 향이 옷에 배어 있었다. 도쿄의 향은 캐리어 속 옷을 붙들고 여기까지 왔다. 옷을 얼굴 가까이로 들어올려 코를 가져다댔다. 순간, 여행의 기억들이 떠오르며 그리운 마음이 피어올랐다. 며칠 지나자 그 향은 점점 옅어졌고, 여러 번의 세탁으로 이제는 완전히 그 흔적을 잃었다.

나는 머릿속으로 도쿄의 향을 떠올리려고 노력해보았다. 알 듯 말 듯 정확히 기억해내기가 어려웠다. 향은 기억 속에서 희미해졌지만 잠시 몸을 숨기고 있을 뿐, 때가 되면 여행의 기억과 함께 다시금 강렬하게 되살아날 것이다.

도쿄를 찾을 때마다 처음 비행기에서 내리던 순간이 반복되었다. 그때마다 '도쿄의 향'이 가장 먼저 반겨주었다.

감미로운 선율의 에디 히긴스 트리오Eddie Higgins Trio의
연주곡 중 도쿄의 신주쿠가 들어간 이 곡을
듣지 않을 수가 없다.
「Shinjuku Twilight」와 「Blue Bossa」.

Eddie Higgins Trio

Maison kitsune

도쿄의 분위기와 잘 어울리는
메종 키츠네Maison Kitsuné의
앨범 중, 가장 좋아하는 열번째 앨범의 곡들.
플라이트 퍼실리티스Flight Facilities의
「Crave you」, 유스투스 쾽케Justus Köhncke와
알렉시스 테일러Alexis Taylor의 「Sorry」.

Charlie Puth

자주 가던 카페에서 흘러나오던
찰리 푸스Charlie Puth의 앨범 「Nine track mind」는
들을 때마다 그곳을 떠올리게 한다.

카페에 앉아 그림을 그리며 들었던
쳇 베이커Chet Baker의 「Time after time」
「I fall in love to easily」,
덱스터 고든Dexter Gordon의 「Cheese cake」
「Stella by starlight」와
레스터 영Lester Young의 「Louise」,
알 콘Al Cohn의 「Mediolistic」,
장폴 브로드벡Jean-paul brodbeck의
「Ich will meine seele tauchen」,
J.J. 존슨J.J. Johnson의 「Laura」.

Chet Baker

BORN TO BE BLUE

Ella Fitzgerald

크리스마스의 도쿄에서는
넷 킹 콜Nat King Cole의 「The Christmas song」
엘라 피츠제럴드Ella Fitzgerald의 「Sleigh ride」,
루이 암스트롱Louis Armstrong의
「Zat you, santa claus?」,
빈스 과랄디 트리오Vince Guaraldi Trio의
「Christmas time is here」,
엘라 피츠제럴드와 루이 암스트롱의
「Cheek to Cheek」 「Let's call the
whole thing off」를 들었다.

요리사 아저씨가 보이면
지갑을 신중히 열어야 한다.

가장 설레면서도
가장 아쉬운 순간

바삭한 돈가스 한입과
한 편의 연극 같은
요리사들의 몸짓

CHIANG MAI
—
치앙마이

숨쉬듯 자연스럽게

2017. 11. 7 ~ 11. 14

○

여름의

흔적

2017. 11
Summer

●

가을에서 여름으로 떠났다가, 다시 겨울로 도착했다.

계절을 거스르기도 하고, 뛰어넘기도 하는 여행이었다. 더위에 약해 여름을 별로 좋아하지 않는 나는 이번 여행에서 무엇보다도 날씨를 걱정했다. 한국은 이미 여름의 흔적이 소리 없이 사라져버린 지 오래다. 밟으면 버서석, 소리가 나는 낙엽들 사이를 걸으며 치앙마이의 햇살을 머릿속으로 떠올려보았지만 쉬이 가늠이 되질 않았다. 나는 다시 여름을 향해 다섯 시간하고도 두 시간을 더 날아갔다.

공항 밖으로 나오자마자 얼굴 가득 뜨겁고 끈적한 공기가 훅 끼쳐왔다. 한국에서 입고 온 코트와 니트를 벗어 캐리어에 잘 개어넣었다. 순식간에 반팔 차림이다. 11월에 맞이한 여름, 눈이 부시도록 밝은 햇살이 나를 반겨주었다.

이곳에서 지내며 허여멀건 하던 피부가 조금씩 햇빛을 머금기 시작했다. 코끝에, 팔과 다리에, 목뒤와, 발등에도 햇빛은 내려앉았다. 조금씩 가무잡잡해져가는 내 모습이 썩 싫지만은 않았다. 그렇게 나는 여름과 점차 가까워졌다. 이마에 흐르는 땀을 손등으로 훔치며 웃음 짓게 되었다. 내가 싫어하던 것을 사랑할 수 있게 만들어주는 마법, 그건 바로 여행이었다. 이제 나는 모든 계절을 사랑한다, 말할 수 있을지도 모르겠다.

그해 나에겐 가을 대신 두 번의 여름이 있었고, 긴 긴 여름을 어느 때보다 즐거운 마음으로 보낼 수 있었다. 나는 계절과 계절의 틈 사이에 있었다. 몸과 마음이 여름과 겨울을 오갔다. 목덜미로 파고드는 서늘한 바람을 마주하고서야 다시 돌아왔다는 실감이 났다. 불과 며칠 전까지만 해도 섭씨 32도의 후덥지근한 곳에 있었다는 것이 믿기지 않을 정도로 정신이 번쩍 드는 추위였다.

자주 신던 신발 모양 그대로 붉게 익었던 발등의 자국이 점차 희미해져간다. 아마 조만간이면 내 발도 다시 본래의 색을 되찾을 것이다. 길었던 여름만큼 더욱 반가운 계절을 맞이했다. 겨울이 왔다.

미소의 힘

2017. Chiang Mai
두 손을 합장하고서 반겨주던
맥도날드의 삐에로

태국은 나에게 가깝고도 먼 나라다. 주변에서 심심치 않게 태국에 다녀온 이야기를 많이 들어 친숙한 편이지만 한편으로는 언어 때문에 막상 갈 엄두를 쉽게 내지 못하는 곳이다. 그래서 내 마음대로 일정을 짜고, 먹고 싶은 것을 먹고, 그야말로 온전한 자유여행을 선호하는 내게 태국은 '가까이하기에는 먼 당신'일 수밖에 없었다.

나는 영어회화를 잘하는 편도 결코 아니고, 그렇다고 그 외에 다른 외국어에 능숙하지도 않다. 그야말로 1개 국어(=한국어)를 하는 수준인데, 그래도 여행지에서만큼은 외국어에 대한 두려움이 없는 편이다. 나에게는 보디랭귀지와 짧은 영어 실력, 그리고 휴대전화(번역기 만세!)가 있으니까. 사실 예기치 않은 상황이나 문제가 생겼을 때에는 답답했던 적도 있었지만 어찌어찌 상황을 모면할 수 있었다. 그래서 말이 통하지 않아도 단 한 번도 언어를 걱정해본 적이 없었는데, 태국은 조금 상황이 달랐다.

태국어의 생김새를 본 사람이라면 아마 내 마음을 100퍼센트 이해하리라 생각한다. 영어의 경우, 뜻은 모르더라도 알파벳 정도는 읽을 수 있지만 태국어 앞에서는 그야말로 까막눈이 될 수밖에 없다. 도대체 무엇이 무엇인지 분간이 되지 않는 꼬불꼬불한 그림 같은 글자가 바로 태국어였다. 여행을 갈 때에는 적어도 그 나라의 인사와 "감사합니다" "실례합니다" 그리고 "죄송합니다" 정도의 문장은 외워가려고 하는데, 정말 태국에서 내가 할 수 있는 말은 딱 그뿐이었다. 영어로 적혀 있지 않은 모든 글자와 단어, 문장을 전혀 이해할 수가 없었다.

서점에서 산 치앙마이 여행 책자를 펼쳐놓고 더듬더듬 인사와 간단한 문장을 여행 노트에 옮겨 적었다. 아니 한 획, 한 획을 그대로 따라 그렸다. 그러다가 결국 제풀에 지쳐 그만두고 말았다. 과연 제대로 적고 있는 게 맞는지…… 하는 수 없이 한국어로 또박또박, 적어나갔다. "컵쿤 카" "사왓디 카"…… 입에 잘 붙지도 않는 문장들을 여러 번 되뇌며 태국의 모습을 상상해보았다. 뭐 어떻게든 되겠지. 그렇게 반쯤은 포기한 채로 치앙마이를 향해 떠났다.

　치앙마이로 가기 위해서는 방콕을 경유해 다시 국내선을 타고 가야 했다. 긴 여정에 지쳐 혹시라도 실수를 할까봐 공항에서부터 내 눈은 온통 영어 표지판만을 좇고 있었다. 꼬부랑꼬부랑, 춤을 추는 듯한 글자가 커다랗게 나를 반겼다. 여기저기 온통 낯선 글자들이 가득했다. 그러나 여행은 역시 직접 겪어 보아야 아는 것이었다. 그동안의 걱정이 무색하게도, 8일간의 여행 내내 태국어는 전혀 문제가 되지 않았다. 몇 마디의 인사와 짧은 영어 단어만으로도 자유여행을 만끽하기에는 충분했다. 어쩌면 그보다 중요한 것은 서로가 눈을 마주쳤을 때 얼굴 가득 환하게 퍼져나가던 '미소'였을지도 모르겠다.

표정이라는 것은, 특히 미소와 웃음이라는 것은 참 놀랍다. 언어와 문자가 다르고 서로의 말을 이해할 수 없어도 사람의 표정이 지니는 의미는 모두 통하기 마련이다. 환한 미소 앞에서 우리는 아주 많은 감정과 대화를 읽어낼 수 있다. 반가움, 고마움, 기쁨…… 그리고 그보다 더 섬세한 이야기들까지. 미소가 지닌 놀라운 힘을 나는 이번 여행으로 새삼 알게 되었다. 미소로 생각을 드러낼 수 있었고, 감정을 보여줄 수 있었으며, 마음을 전할 수 있었기에.

제대로 된 영어 메뉴판도 없고, 주인분과도 잘 소통이 안 되는 동네의 허름한 음식점에서 나는 거의 매일 밤마다 사진을 보고, 눈으로 훑고, 손가락으로 콕 찍어 주문을 했다. 그리고 어김없이 미소를 가득 띠우며 말했다. "컵쿤 카." 그러면 주인분도 활짝 웃는 얼굴로 솜씨 좋게 맛있는 볶음밥을 내어주었다. 다 먹고 난 뒤에도 마찬가지로 미소를 지었다. 나의 미소 뒤에 자리한 말들을 아마 그분도 이해했으리라 생각한다. "너무 맛있어요. 정말 잘 먹었습니다. 감사해요!" 식당뿐만 아니라 어느 곳에서나 마찬가지였다. 가게에서도, 툭툭 안에서도, 마사지숍에서도 그리고 거리에서도 환한 웃음은 환한 웃음으로 돌아왔다.

때로는 내가 시키는 메뉴를 읽을 수 없어 사진으로 찍어놓고 나중에서야 '아! 이게 그거였구나' 하며 알게 되기도 하고, 온통 태국어뿐인(당연하지만) 영수증에는 내가 뭘 산 건지 숫자를 보고서야 겨우 떠올릴 수 있었지만 말이 통하지 않고서야 오히려 진정한 소통이 무엇인지 깨닫게 되었다.

가장 중요한 것은 말도 글도 아닌 내가 전하고자 하는 마음이라는 것. 때때로 언어는 전하고자 하는 말을 교묘하게 부풀리거나 숨겨 소통의 본질을 흐리게 만들기도 하지만, 미소는 그렇지 않았다. 서로의 눈빛을 보면 그 미소의 참됨을 알 수 있다. 갓난아기가 엄마의 얼굴을 보며 환하게 웃는 것처럼 미소는 더 원초적이고 솔직한 것이었음을, 여행을 통해 다시금 깨달았다. 그러니 언제든 환하게 미소를 짓는 것부터 나의 여행과 삶은 시작된다. 두 손을 합장한 채, "컵쿤 카"와 "사왓디 카"를 외치던 치앙마이에서의 나의 그 표정처럼.

○

사원과
승려

2017.

Chiang Mai

썽태우(트럭을 개조한 차량)나 택시에 앉아 치앙마이 곳곳을 다니다보면 금방 알아챌 수 있는 몇 가지 사실이 있다. 바로 도로 가득히 스쿠터가 다닌다는 것과 낮은 건물들 사이로 화려하고 장엄한 분위기를 뿜어내는 여러 사원들이 보인다는 점이다. 태국의 국교가 불교이고, 국민 대부분이 불교를 믿는다는 것을 알고는 있었지만 시내 곳곳에 자리한 수많은 사원들을 보면서 새삼 실감했다. 미처 다 헤아리지 못할 정도로 크고 작은 다양한 모습의 사원들. 더욱이 태국은 왕실과 불교가 불가분의 관계이니 더 말할 것도 없이 불교의 색채가 도시 곳곳에서 자연스럽게 묻어난다. 사람들의 삶 깊숙이 불교가 생생히 들어와 있는 것이다. 종교가 없는 내게 이러한 풍경들은 더욱 이색적으로 다가왔다. 무언가를 나 자신 이상으로 믿고, 숭배하며 신성시하는 것은 과연 어떤 느낌일까? 또한 그런 삶은 내가 경험하는 삶과 어떻게 다를까? 도무지 가늠할 수 없었다.

동네를 산책할 때에도 집이며 가게마다 불공을 드리는 작은 사당을 쉽게 볼 수 있었다. 이 사당은 '싼 프라품san phra phum'이라고 불리는 정령의 집이다. 보통 기둥 위에 사원이나 집 같은 형태를 한 것으로 저마다 다른 색상과 모양을 띤다. 금색으로 칠해진 아주 섬세한 모양의 사당도 있었고(왠지 실재하는 사원을 축소한 듯한 생김새였다), 나무로 만든 투박하지만 견고해 보이는 사당과 돌을 깎아 만든 것처럼 보이는 사당도 있었다.

사당은 저마다 꽃이나 장식품, 향로 등으로 꾸며져 있었는데, 치앙마이 사람들은 매일같이 이 사당에 음료나 꽃을 놓고, 불공을 드리며 하루를 시작한다고 한다. 어떤 날에는 가게를 돌며 사람들에게 사당에 놓을 화환을 판매하는 꼬마아이를 보기도 했다.

·

하루는 길을 걷다 사원으로 향하는 어느 태국인 커플 뒤를 나도 모르게 슬쩍 따라 들어갔다. 다른 사원에 비해 규모가 자그마한 곳이었다. 뾰족한 붉은색 지붕과 금빛으로 칠해진 화려한 무늬로 장식된 몇 개의 건물, 황금색 쩨디(탑)가 공간을 가득 메우고 있었다. 앞서 걷던 커플은 눈을 감고 조용히 기도를 드리는 듯했다. 이곳은 눈에 잘 띄지 않을 뿐더러 다른 곳보다 더 고요했다. 특별한 때가 아니어도 사람들은 이렇게 늘 주

변 가까이에 있는 사원을 찾아 불공을 드리고, 마음을 수양하는 것 같았다. 대학생으로 보이는 젊은 커플은 아주 익숙하게 법당 안으로 향했다. 사원 안으로 발을 디딘 순간 말을 아끼게 되었고, 어쩐지 행동이 더욱 조심스러워졌다. 괜스레 경건해진 기분으로 사원을 한 바퀴 돌아보았다. 종교를 떠나 삶 가까이에 이런 공간이 존재한다는 것은 분명 마음을 다스리는 데 도움이 될 것이다. 내면의 집중을 통해 복잡한 머릿속을 비우고 덜어낼 수 있을 테니까.

치앙마이를 떠나기 전날, 저녁에는 새로 이동한 숙소의 길이 낯설었는지 엉뚱한 곳에서 길을 헤맸다. 겨우 발견한 썽태우 운전기사분과 대화를 시도했지만, 역시나 말이 잘 통하지 않았다. 결국 여행지에서 (결코 없어서는 안 될) 구글맵을 켜고, 숙소까지 걸어서 가보기로 했다. 어림짐작으로 방향을 잡고 구불구불한 흙길을 걸었다. 차츰 해가 지자 덩달아 마음은 급해졌다.

걷다보니 어스름한 하늘 아래 하얀 담벼락이 나타났다. 입구의 끝에는 코끼리 조각이 있었다. 활짝 열려 있는 입구 안쪽으로 선명한 주홍빛 승복을 입은 승려들의 뒷모습이 보였다. 하얀 사원 앞에 꽤 많은 승려들이 모여 무언가를 외고 있었다.

탁, 탁, 탁 청아한 음색의 목탁 소리가 울려퍼지고 그와 동시에 염불을 외는 승려들의 목소리가 하나 되어 들려왔다. 그 소리는 고막을 타고 몸속 저 깊은 어딘가에 가닿았다. 탁, 탁, 탁 소리에 맞춰 심장이 동요하는 것을 느낄 수 있었다. 염불 소리는 온화하게 들렸지만 그 안에는 어떤 힘이 존재했다.

뭉게구름이 떠 있는 어둑한 푸른빛 하늘이 주홍색 승복과 대조되어 승려들의 모습은 더욱 강렬하고도 신비로운 분위기를 자아냈다. 묘하게 이 세상 것이 아닌 듯한 풍경이었다. 차마 더 가까이 가지 못하고 나는 길을 걷던 자세 그대로 입구 근처에 우두커니 서서 홀린 듯이 바라보았다. 승려들이 무슨 말을 하는지도, 아니 지금 하고 있는 것이 정확히 무엇인지도 몰랐다. 하지만 아름답고도 쓸쓸한 석양 앞에서 평온해졌다. 눈앞의 소리와 광경에 압도당하면서도 누군가 내게 손을 뻗어 천천히 보듬어주는 것 같기도 했다. 진정한 깨우침이란 종교를 뛰어넘어 모든 이의 마음을 관통하는 것일까. 지금도 내게는 등불을 닮은 승려들의 주홍빛 뒷모습이 기억 속에 선연하게 남아 있다.

○

먹고,
또 먹는
여행

악어 모양의 튀김빵.
'빠떵꼬'라고 부른다.

커스터드 크림 → ← 콩물

달콤한 바닐라 향이 나는 판단pandan잎이 들어 있다.

진한 육수의
쌀국수 →

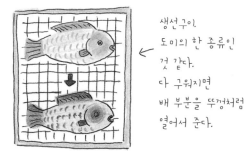

생선구이.
도미의 한 종류인
것 같다.
다 구워지면
배 부분을 뚜껑처럼
열어서 준다.

'태국 음식'이라고 하면 사람들은 보통 무엇을 떠올릴까? 나의 경우 이름도 어려운 똠양꿍(한국에서 딱 한 번 먹어봤다), 팟타이, 쌀국수 그리고 열대과일 정도였다. 쌀국수는 사실 베트남 음식으로 더 익숙한 데다 열대과일은 음식이 아니니 이 정도면 태국 음식에 대해서는 거의 아는 것이 없다고 봐도 무방했다. 치앙마이 여행을 결정하고 나서 몇 권의 여행 책을 훑어보며 내가 알아낸 거라곤 치앙마이는 태국의 북부에 위치해 있어 '란나 푸드Lanna Food'라 하는 독특한 북부 요리를 맛볼 수 있다는 것이 전부였다. 코코넛 밀크가 듬뿍 든 커리국수 카오소이, 풋고추로 만든 북부식 소스 남쁘릭눔, 돼지 껍데기 튀김인 캡무 등 생소한 이름의 음식을 사진으로 보며 눈에 익히려 했지만 잘 상상이 가지는 않았다. 아무래도 직접 가서 먹어보고, 겪어보는 수밖에 없다.

여행지에서 맛보는 첫 음식은 언제나 호기심과 설레는 마음을 안고서 마주하게 된다. 어쩌면 남은 여행의 커다란 부분을 좌지우지하게 될지도 모르니 말이다. 치앙마이에서 만난 첫 끼는 숙소 근처에서 먹은 북부 요리였다. 나무로 된 전통 가옥 느낌의 음식점이었다. 우리는 국물이 있는 면 요리인 카오소이와 남니여우를 시켰는데, 맛도 있었거니와 강한 개성을 느낄 수 있었다.

보통은 남니여우를 선짓국이나 육개장에 비유한다고 들었는데, 분명 익숙한 매운맛도 있지만 거기에 새콤한 맛과 된장이 생각나는 꼬릿함, 고수의 향이 더해져 굉장히 새로운 맛이었다. 새콤시큼한 맛, 느끼한 맛, 고소한 맛, 꼬릿한 맛, 매콤한 맛 등에 여러 향신료의 향까지 더해져 고작 두 가지 음식을 먹을 뿐인데 온갖 다채로운 맛과 향이 느껴졌다. '아, 이게 바로 치앙마이의 맛이구나. 이곳의 음식이구나.' 음식을 다 먹고 나서야 태국에 왔다는 사실을 온몸으로 느낄 수 있었다. 그렇게 치앙마이에서의 첫 식사는 강렬한 인상을 남겨주었다.

그날 저녁에는 맛집으로 유명한 생선구이 음식점으로 향했다. 생선구이와 함께 숯불에 구운 돼지고기를 시켰다. 쫄깃한 찰밥에, 전혀 비리지 않은 두툼한 생선 살 한 조각을 올려 먹으니 눈이 번쩍 뜨였다. 생선구이는 담백하면서도 은은한 향신료 맛이 났다. 그리고 함께 곁들인 돼지고기 요리야말로 맥주를 부르는 맛이었다. 이후에 우리는 두어 번이나 더 이곳을 방문했다. 나도 모르는 사이 치앙마이 음식에 빠져가고 있었다.

구수한 국물이 일품인 소고기와 고수가 듬뿍 들어간 쌀국수 꾸웨이띠여우 느아, 콩물과 커스터드 크림을 곁들여 먹는 고소한 튀김 찹쌀 도넛 빠떵꼬, 찹밥에 망고를 얹어 연유를 뿌려 먹는 카오니아우마무앙, 닭기름을 넣어 만든 밥과 찐 닭고기가 나오는 카오만까이, 담백하고 고소한 쪽, 자꾸만 손이 가던 소시지 사이우어와 소스 남프릭눔을 비롯해 길에서 보일 때마다 사 먹었던 로띠, 수박주스 땡모반, 그리고 식당에서 음식과 함께 항상 주문하던 새콤달콤한 로셀라주스까지. 미처 다 열거하지 못한 먹거리들이 머릿속에 계속해서 떠오른다. 정신을 차려보니 평소에 하루 두 끼를 먹을까 말까 하던 내가 치앙마이에 와서는 꼬박꼬박 세 끼를 다 챙겨 먹고 있었다. 스스로도 신기할 지경이었다. 처음에는 '음, 조금 특이한데?' 했던 음식도 이상하게 다음날이 되면 또 생각이 났다.

나와 A는 밤이 되면 숙소 근처 길가의 허름한 식당에서 파는 닭고기, 계란, 모닝글로리가 들어간 볶음밥을 먹으러 갔다. 편의점을 갔다가 돌아오는 길에 우연히 들어가게 된 그곳은 독특한 향이 나는 소시지들.
찐 단호박, 가지, 모닝글로리,
그리고 캡무와 남프릭눔.
북부 지방의 전통적인 요리다.

생강이 잔뜩 올라가 있는
'쪽'(쌀을 갈아 만든 죽)

야시장에서
사 먹은 것들.
계란 오믈렛,
돼지고기 꼬치.

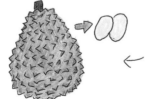

'과일의 왕'이라
불리는 두리안.
양파 냄새가 나지만
생각보다 먹을만 했다.

동네 주민들만 오고 갈법한 작은 식당이었다. 식당이라기보다 포장마차에 가까운 모양새의 작은 음식점에서 이름도 모르고 주문한 볶음밥이 그 정도로 맛있으리라곤 상상조차 하지 못했다. 파란색 플라스틱 간이의자에 앉아 TV에서 흘러나오는 태국의 뉴스를 보며 볶음밥을 기다렸다. 식욕을 돋우는 냄새가 솔솔 퍼져간다. 알록달록한 테이블 위에 맛깔스러운 볶음밥이 놓였다. 건너편 테이블에 앉은 사람이 하는 방식을 따라 소스도 살짝 뿌리고, 커다랗게 잘린 라임 한 조각을 꾹 눌러 짜서 밥 위에 뿌렸다. 그리고 곧바로 크게 한술 떠서 입안에 넣었다. 전체적으로 아주 담백한 맛이었다. 포슬포슬 흩어지는 안남미로 지은 밥알과 함께 상큼한 라임 향과 고수의 향이 뒤섞였다. 30바트라는 말도 안 되게 저렴한 가격(한화 천원 남짓)에 이런 훌륭한 식사를 할 수 있다는 것이 정말 놀라웠다. 우리는 연신 감탄하며 식사를 마쳤다.

그전까지는 한 번도 식도락 위주의 여행을 해본 적이 없었는데, 치앙마이에서는 자연스레 매 끼니가 여행의 중요한 부분으로 자리잡았다. 이곳의 음식들이 '먹는 재미'를 알려주었다. 치앙마이에는 다양한 맛과 향, 식감을 지닌 요리들이 가득했다. 한국으로 돌아오고 나서 한동안(사실은 지금도!) 치앙마이 음식들이 미친듯이 그리웠다. 볶음밥이, 카오만까이가, 로띠가, 내가 먹었던 모든 음식들이 그리웠다. 피시소스, 라임 그리고 고수의 향이 그리웠다. 감당하기 어려운 그리움에 한국에 있는 태국 음식점을 찾아갔지만 결과는 실망스러웠다. 내가 기억하는 그 맛이 전혀 아니었다. 그 후에는 포기하지 않고 재료를 사다가 직접 팟타이를 만들어 먹기로 했다. 태국에서 사온 소스를 더하자 아주 조금, 치앙마이의 팟타이가 겹쳐 보였다.

여행을 다녀온 뒤에 달라지는 것은 세상을 바라보는 시야나 생각만은 아니다. 경험은 삶의 다양한 부분을 변화시킨다. 그 변화는 때로 식성이나 좋아하는 음식이 되기도 한다. 그래서 때때로 궁금하다. 다음번 여행을 마친 나는 과연 어떤 모습을 하고 있을까? 어떤 생각을 하게 될까? 어떤 것을 좋아하게 되고, 또 어떤 것을 싫어하게 될까?

○

재즈와
맥주

매일 저녁 치앙마이 올드타운 북쪽에 자리한 재즈 클럽에서는 어김없이 공연이 시작된다. 그중 화요일은 여러 연주자들이 자유롭게 참여해 즉석 연주가 펼쳐지는 '잼 데이'로, 재즈 애호가라면 절대 놓쳐서는 안 될 공연이 펼쳐지는 날이다.

스스로 '재즈 애호가'라고까지 말하기에는 다소 거창하게 들리기는 하지만, 순수한 단어 그대로 재즈를 좋아하고 즐겨듣는 편이다. 스무 살이 될 무렵, 음악을 전공하는(지금은 재즈 작곡을 하는) 친구가 내게 보사노바 재즈를 들려준 적이 있다. 부드럽고 리듬감이 느껴지는 곡이었다. 그리고 얼마 뒤 에디 히긴스 트리오의 「Autumn leaves」를 듣게 되었고, 곧바로 그의 팬이 되고 말았다. (그를 알기 전까지 재즈라는 장르를 제대로 인식하지 못하고 흘려들었던 것 같다.) 나는 그제야 어렴풋하게나마 '재즈'를 접하게 되었다.

그 이후로 냇 킹 콜, 빌리 홀리데이, 엘라 피츠제럴드, 루이 암스트롱, 쳇 베이커가 부르고 연주하는 재즈곡을 찾아 들었고 조금씩 재즈에 빠져들기 시작했다. 친구를 따라서 멋모르고 찾아간 재즈 트리오의 공연을 보고 충격을 받아 한동안 색소폰 연주자들의 곡을 찾아듣기도 했었다. 듀크 엘링턴, 듀크 조던, 덱스터 고든, 델로니어스 몽크, 빌 에반스, 스탄 게츠, 마일스 데이비스, 존 콜트레인, 줄리 런던…… 좋아하는 재즈 연주자, 재즈 보컬, 재즈곡 들이 하나둘 늘어갔다.

재즈에 대해 조예가 깊은 것은 결코, 결코 아니지만, 전문적인 지식도 딱히 없고 곡을 분석하거나 달달 외지도 못하지만 (오히려 그 반대에 가깝겠지만), 그저 내 귀가 열리고 마음이 동하는 음악의 장르를 묶어보니 재즈가 가장 큰 부분을 차지하고 있었다. 라이브 공연을 자주 보러 다니진 못해도 재즈 앨범을 조금씩 사 모으는 취미가 있고 유튜브로 오래된 연주 영상 찾아보기를 즐긴다. 한마디로 그냥 재즈가 좋다. 그러니 치앙마이의 재즈 연주 또한 놓칠 수 없었다.

마침 치앙마이에 도착한 날이 화요일이어서 A와 저녁을 먹고 재즈 클럽으로 향했다. 클럽은 이제 막 문을 열기 시작한 듯, 뻥 뚫린 작은 공간 바깥으로 사람들이 앉을 수 있게 테이블과 의자를 내놓고 있었다. 우리는 무대 오른편 테이블에 자리

를 잡고서 맥주를 두 병 시켰다. 나는 코끼리가 그려진 초록색 병 '창Chang'을, A는 노란색 사자가 그려진 '싱하Singha'를 골랐다. 맥주를 조금씩 홀짝이며 그와 대화를 나누다보니 우리의 양옆 과 2층까지 어느새 사람들로 가득 찼다.

드디어 첫번째 밴드가 연주를 시작했다. 느린 템포의 곡이 었다. 사람들의 웅성임과 병들이 달그락거리는 소리 사이로 그 들의 연주가 계속되었다. 몇 곡의 연주를 마치고 첫번째 공연 이 끝나갈 무렵, 사람들이 이미 클럽 밖까지 에워싸고 있을 만 큼 문전성시였다.

점점 분위기는 무르익어갔다. 그때 비어 있는 무대 위로 머 리가 새하얀 할아버지가 슬리퍼를 신은 채 올라가더니 맥주를 마시며 드럼 스틱을 손에 쥐었다. 그 모습에 깜짝 놀란 것도 잠시, 뒤이어 트럼펫, 베이스, 여러 색소폰 연주자들이 줄줄이 무대를 채워나갔다. 엄청나게 커다란 바리톤 색소폰에, 무대 저편으로는 콩가가 있었고, 나와 같은 테이블에서 조용히 술을 마시던 중년 남성은 벌떡 일어나 무대 앞쪽 귀퉁이에 자리잡더니 차임을 꺼냈다. 그야말로 감탄할 새도 없이 순식간에 온갖 악기의 수만큼이나 공간을 압도하는 연주가 펼쳐졌다. 클럽은 무대와 객석의 구분이랄 것도 없는 좁은 공간이어서 연주자와 연주를 감상하려는 사람들이 한데 모여 뒤섞인 모양새였다. 열정적인 연주가 이어졌고, 사람들은 그들에게 환호와 박수를 보냈다. 들떠가는 마음에 우리는 맥주 한 병씩을 더 주문했다. 맥주병을 쥐고 있는 손바닥에 차가운 감촉이 느껴졌다. 서둘러 가볍게 건배를 하고서 맥주병에 입을 댔다. 순간 목구멍으로 시원한 맥주가 기분 좋게 흘러들어갔다. 맥주가 유난히도 맛있게 느껴졌다. 재즈와 맥주라! 이 순간만큼은 세상 모든 것을 다 가진듯한 심정이었다. 그저 즐겁고 유쾌하고 흥겨웠다.

에어컨도 없이 천장의 실링팬만이 빙글빙글 돌아가고, 심지어 실내와 실외의 구분 없이 뻥 뚫린 클럽 안이 열기로 가득했다. 11월이었지만 어느 모로 보나 뜨거운 여름밤이었다. 더워서 그런 건지, 맥주를 마셔서 그런 것인지 몸이 후끈거렸다. 누군가는 일어서서 춤을 추었다. 또다른 누군가는 리듬에 맞춰 손뼉을 치기도 했다. 연주자와 관객이 하나 되어 소통했다. 분위기는 점점 무르익어갔고, 늦은 밤까지도 잼 연주는 멈추지 않았다. 병에 남은 맥주 한 모금을 마침내 다 마시고서야 우리는 겨우 자리를 뜰 수 있었다. 실력과는 별개로 이날의 재즈는, 살아 있는 재즈였다. 그 자리에 있던 모든 이들이 함께 만들어 낸 연주였다. 재즈는 인종도, 성별도, 나이와도 관계없이 모두를 움직였고, 흔들었고, 하나로 관통했다. 재즈가 흐르고 맥주가 오가던, 축제 같은 밤이었다.

○

찡쪽을

만나다

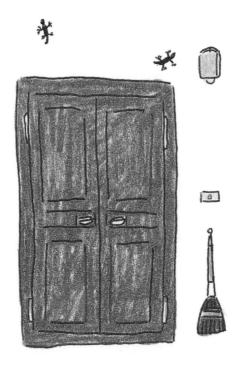

치앙마이에서 두번째 숙소로 체크인하던 설렘 가득한 순간이었다. 잠시 근처를 둘러보는 동안 스태프가 미리 짐을 숙소 안으로 옮겨줘서 한결 가벼운 몸으로 나무문을 열고 숙소로 들어섰다. 아늑하고 예쁜 인테리어에 기분이 더없이 좋아진 나는 침대에 벌렁 드러누워 "아, 좋다!" 하고 소리내어 외쳤다. 그 순간 창문 위 하얀 벽에 무언가 검은 그림자 같은 것이 눈에 들어왔다. 마치 그려진 무늬처럼 미동도 없이 납작하게 벽에 달라붙어 있는 모습. 다시 몸을 일으켜 그쪽을 자세히 바라보다 흠칫 놀라 말까지 더듬고야 말았다. 도, 도마뱀!

숙소 벽에 작은 도마뱀 한 마리가 붙어 있었다. 세상에, 무슨 일이지? 어쩌지? 탁한 회색빛을 띠는 이 도마뱀을 나는 며칠 전 본 적이 있었다. 야외에 위치한 화장실 건물 천장에 붙어 있던 바로 그 도마뱀이었다. 이 도마뱀의 이름은 '찡쪽gecko'으로 태국에서는 흔하게 볼 수 있는 파충류라고 했다. 아무리 흔히 볼 수 있는 도마뱀이라지만 내게는 곤충이나 다름없이 느껴졌다. 치앙마이에서 지내는 며칠 동안 한두 마리밖에(그것도 밖에서만!) 보지 못했는데, 갑자기 스멀스멀 공포심이 밀려왔다.

대체 어디에서 들어온 것일까? 아마도 우리가 체크인하기 전 청소를 할 때 들어왔을 것이라고 결론을 내렸다. 제발 이 한 마리가 전부이길 바라며, '왜 멈춰 있지? 죽은 건 아닐까?'라고 생각한 순간, 쩡쪽은 미끄러지듯 움직여 더 높은 곳으로 이동해버렸다. 움직이지 않을 때에는 그나마 덜 징그러웠는데, 움직임을 보자마자 소리를 지를 수밖에 없었다.

도저히 안 될 것 같았다. 도마뱀이 있는 방에서 잠을 잘 수는 없었다. 인터넷으로 미친듯이 '쩡쪽'에 대해 검색을 했다. 알고 보니 쩡쪽은 태국에서는 이로운 존재로 통했다. 모기, 파리 등을 잡아먹기도 하는데다가 쩡쪽이 몸에 떨어지면 그날은 복권을 사야 하는 날이라고까지 했다(세상에! 이건 내가 상상할 수 있는 최악의 상황이었다!). 사람을 절대 물거나 공격하지 않고 도망간다고는 하지만 아직 이 도마뱀이 반갑지는 않았다. 더 늦기 전에 어떻게든 어서 이 쩡쪽을 바깥으로 내보내야 했다. 가까이 가지도 못하는 나와 달리, A는 쩡쪽을 무서워하지 않았다. 불행 중 다행이었다. 쩡쪽은 이제 화장실로 들어가고 있었다. 다급한 목소리로 A를 불러 화장실을 가리켰다. 그는 종이 한 장을 들고서 화장실로 향했고, 결국 찡쪽을 내보내는 데 성공했다. 숙소의 화장실에는 창문이 달려 있었는데, 창문을 열고서 찡쪽을 종이로 살짝 살짝 건드려가며 바깥으로 유인했다고 내게 말했다. 그렇게 한바탕 소란 끝에 나는 '도마뱀 대소동'이 끝났다고 생각했다.

하지만 찡쪽과의 만남은 이것이 시작이었다. 시내와 조금 떨어져 있고, 주변에 수풀과 나무가 많았던 두번째 숙소는 찡쪽이 살기 좋은 환경이었다. 우리는 매일 저녁 숙소로 들어갈 때마다 하얀 외벽에 그림자처럼 붙어 있는 찡쪽 무리와 마주해야 했다. 그들은 뜨거운 햇살이 내리쬐는 낮에는 신기하게도 어디론가 사라져 꽁꽁 숨어 있다가 어둠이 내리면 어디선가 나타나곤 했다.

새하얀 건물과 대조되어 더욱 그림자처럼 느껴지던 작은 도마뱀들이 처음에는 나를 오소소 떨게 만들었지만 며칠이 지나니 조금은 익숙해져갔다. 물론 여전히 찡쪽이 움직일 때면 깜짝깜짝 놀라기는 했지만 처음 본 순간과 비교하면 꽤 괜찮아졌다.

사람의 적응력이란 이토록 놀라운 것이다. 피할 수 없다면 부딪힐 수밖에, 적응해가는 수밖에 없다. 나비도 피해서 지나가던 내가 도마뱀이 붙어 있는 숙소를 들락날락하다니! 이 정도면 가히 장족의 발전이라 할 만하다. 그렇다고 아직 찡쪽을 귀여워하거나 아무렇지 않게 생각하는 경지까지는 아니다. 하지만 치앙마이 여행자라면 찡쪽과의 만남을 두려워해서는 안 될 것이다. 그래서는 힘든 여행이 될지도 모르니까. 여행을 하며 나의 새로운 면모와 조금씩 변하는 내 성향을 틈틈이 마주하고 있다. 찡쪽과의 만남으로, 나는 조금의 두려움을 극복했을 지도 모른다.

○

나무가
있는 집

길을 걷다 어느 가게 지붕 위로 커다란 나무가 불쑥 솟아 있는 것을 보았다. 어찌된 영문인지 가까이 다가가 보았더니 나무를 베어내지 않고, 그대로 둔 채 건물을 지은 모양이었다. 나무는 누군가의 가게 처마를 뻥 뚫은 모양새로 하늘을 향해 뻗어 있었다. 지붕보다 몇 미터나 더 높이 독특한 모양의 잎을 뽐내며 자라난 모습에 감탄이 절로 나왔다.

나무 한 그루를 베어내는 일은 정말 쉽다. 누군가는 대수롭게 여기지도 않을 흔한 일이고 고작 몇 분도 걸리지 않는 간단한 일일 수 있다. 그러나 나무를 피해 건물을 짓는 것은 결코 쉬운 일이 아니다. 줄기가 자랄 수 있도록 뻥 뚫어낸 자리를 만들면 건물에 비가 새어들지도 모를 일이니 말이다. 하지만 굳이 가게주인을 찾아 나무를 그대로 둔 이유를 묻지 않아도 알 수 있었다. 아마 나무를 위해서 그랬겠지. 당연했다. 자연을 존중하는 마음이 그 모습 하나로 충분히 전해져왔다.

지구는 인간의 소유물이 아님에도 불구하고 우리는 마치 마땅한 양 지구를 마구잡이로 훼손하고 있다. 북극의 얼음이 녹아내리고, 점차 공기는 탁해져가고, 숲이 사라지고 있는 것이 피부에 와닿는다. 인간의 이기심으로 자연은 끊임없이 파괴되고 있다. 나무를 베어내는 것은 짧은 순간이지만, 그 나무가 자라기까지는 얼마나 많은 시간이 걸리겠는가. 나무를 베어내지 않고도 충분히 건물을 지을 수 있는 방법은 있을 것이다. 물론 더 복잡하고, 쉽지 않은 일이지만 불가능한 것이 절대 아니다. 실제로 이렇게 존재하니 말이다. 이런 형식의 건물을 처음 보았기에 조금은 충격적이었다. 한편으로는 슬프기도 했다. 과연 세상은 발전하고 있는 게 맞는 걸까? 의구심이 생긴다. 어떠한 부분(특히 환경 문제)에서는 돌이킬 수 없는 길을 가고 있는지도 모른다.

치앙마이에서는 내가 처음으로 마주한 가게 외에도 음식점, 가정집 등에서 나무를 그대로 둔 경우를 왕왕 볼 수 있었다. 그것이 내 눈에는 오히려 더 개성 있고, 아름다워 보였다. 그 나무들을 보고 있으니 어릴 적 읽었던 동화책 『나무를 심은 사람』이 생각났다. 황폐했던 땅에 매일같이 도토리 열매를 심던 노인과 마주한 주인공은 그것이 어떤 결과를 가져올지 알지 못했다. 아마 '사서 고생이다' 싶지 않았을까? 하지만 30여 년이 지난 후에는 그곳이 몰라볼 정도로 울창한 숲이 되었다는 이야기였다. 작은 행동으로도 세상은 바뀔 수 있다. 한 사람이 아닌 여러 사람이 모인다면 그 효과는 배가 될 것이다.

나는 여행에서 돌아와 나무를 심는 프로젝트에 적게나마 후원하기 시작했다. 조금 더 찾아보니 내가 참여한 것 이외에도 환경을 생각하는 다양한 프로젝트들이 많이 있었다. 예전에 비해 자연을 생각하는 목소리들이 점점 커져가고 있음을 느낄 수 있었다. 이런 실천들이 쌓이고 쌓여 변화를 만들어주길 기대한다. 자연이 없이는 우리도 살아갈 수 없음을 잊지 말아야 한다. 가게 한복판에 우뚝 솟아 있는 나무는 나에게 그렇게 말하는 듯했다.

아침식사

정말
사랑스럽던 →
아이

↖ 첫번째 조식
포도, 견과류, 시리얼이 듬뿍!

↗
처음보는 과일
도토리가 생각나는 생김새

용과 ↗
↓

이른 아침, 문을 두드리는 소리에 밖으로 나가보니 미리 신청했던 조식이 도착해 있었다. 부스스한 얼굴로 주인분과 자그마한 아이가 건네주는 커다란 바구니를 건네받았다. 아이가 들고 있는 바구니는 거의 제 몸집만 했다. 꼬마 요정처럼 까만 눈동자를 반짝이며 활짝 웃는 아이는 꺄르르 웃으며 사뿐한 발걸음으로 방을 한 바퀴 돌고 나서야 인사를 하곤 아빠와 함께 홀연히 사라졌다.

　요정이 가져다준 근사한 아침식사를 바라보았다. 라탄 소재의 피크닉 바구니 안에는 연노랑 도시락통과 병에 든 신선한 우유, 주스, 시리얼과 요거트가 한가득 담겨 있었다. 우리는 숙소의 작은 테라스에 비치된 테이블 위에 그것들을 하나씩 펼쳐놓기 시작했다. 우선 테이블보를 잘 깔고, 도시락통을 하나씩 열어보았다. 각 칸마다 각기 다른 과일이 소담스럽게 담겨 있었다. 네모난 모양으로 잘 깎은 과일은 생전처음 먹어보는

것도 있었다. 까만 깨 같은 것이 송송 박혀 있는 용과와 망고를 하나씩 집어먹었다. 다홍빛이 도는 과일은 무엇인지 알 수 없었지만 부드럽고 달콤한 맛이 났다. 한입 베어 물자 과즙이 입 안을 가득 채웠다. 자그마한 살구처럼 생긴 과일은 토마토와 비슷한 식감이었다. 법랑 그릇에는 시리얼과 우유를 부어 나눠 먹었다. 푸짐하고 신선함이 가득한 아침식사였다.

평소에 아침을 많이 먹는 편이 아니어서 여행을 가더라도 조식을 신청해본 적이 한 번도 없었다. 하지만 이 조식은 내 평소 식습관을 보기 좋게 무너뜨렸다. 다른 때라면 입맛도 없을 이른 시간이었지만 우리는 환한 햇살 아래 새들의 지저귐을 들으며 어느 때보다도 맛있게, 그리고 배불리 아침식사를 마쳤다. 빈 그릇을 곱게 포개어 바구니에 다시 넣어놓고, 콧노래를 부르며 느긋한 하루를 시작했다. 여전히 과일들의 달큰한 맛이 입속을 감돌았다.

○

커피와

행복

나는 커피를 좋아한다. 커피가 없는 하루는 상상하고 싶지 않다. 요즘 보통의 한국 사람들이라면 대부분 그런 것 같다. 맛있어서 마시기도 하고 카페인에 의존하며 하루하루를 보내기도 한다. 나 또한 매일 아침마다 더치커피를 마시고, 카페에서는 주로 아이스라테를 마신다. 여행을 가서도 이 습관은 변하지 않는다.

여행지에서 새로운 카페를 찾아가고, 그곳의 커피를 마셔보는 일은 매우 흥미롭고 즐겁다. 그렇기에 치앙마이 카페는 과연 어떨지 궁금했다. 더운 나라는 수분을 자주 보충해줘야하기 때문에 음료 문화가 발달했다고 하던데, 커피도 마찬가지일지 호기심이 일었다. 알아보니 치앙마이에는 우리가 흔히 알고 있는 프랜차이즈 커피 전문점보단 개성 강한 독특한 카페들이 많았다. 한국에서도 쉽게 맛볼 수 있는 곳에 가기보다 지역 특유의 개성이 묻어나는 그런 카페에 가보고 싶었다.

치앙마이 올드타운은 치앙마이 여행 중 가장 마음에 들었던
동네다. 개발을 제한한 오래된 중심가인데, 이곳에는 골목골목
맛있는 음식점과 개성 넘치는 카페들이 여럿 있었다. 다른 동
네도 각기 다른 매력이 있었지만, 나는 이곳만의 분위기가 좋
았다. 이곳에는 개성 있는 커피를 만드는 유명한 카페가 있었
는데, 보통의 커피와는 달리 신기한 비주얼과 맛을 자랑했다.
식용 숯을 에스프레소와 섞어 새까만 커피를 선보이기도 했고,
판나코타를 이용해 층이 있는 커피를 만들기도 했다. 독특한
아이디어가 돋보이는 카페였다.

올드타운에서 특히 인상적이었던 카페는 '지금 여기'라는
이름의 테이크아웃 전문점이었다. 좁은 골목길을 마주한 이 작
은 카페에는 테이블이 하나뿐이었고 그 아래에서 까만 고양이
가 잠을 자고 있었다. 다행히 사람이 없어서 우리는 그 자리에
편히 앉을 수 있었다. 아이스라테 두 잔과 티라미수를 주문하
고 파라솔이 펼쳐진 파란색 나무 테이블에 앉았다. 발 밑에는
여전히 까만 고양이가 엎드린 채 새근새근 깊은 잠에 빠져 있
었다. 길가 바로 옆에 위치한 이 야외 카페에는 여기저기 식물
과 화분들이 무심하게 놓여 있었고 뒤쪽에는 키가 아주 큰 야
자수 한 그루가 우뚝 서 있었다.

　게스트하우스로 보이는 이층짜리 건물은 붉은 갈색과 하늘색 페인트로 칠해져 있었는데, 전체적인 분위기가 이색적이면서도 독특하게 느껴졌다. 그야말로 '자연스러움' 그 자체였다. 어느 하나 인위적인 부분 없이, 묘하게 서로 어우러진 모습이었다. 바리스타가 천천히 내려준 커피는 맛있었고, 별 기대 없이 주문한 티라미수 역시 부드럽고 달콤했다.

　한동안 우리는 그 자리에 앉아 그림을 그렸다. 노트에는 아침으로 먹은 도넛과 카페의 고양이, 눈앞의 식물들이 하나씩 채워져갔다. 커피를 한 잔씩 더 시켜 건물의 옥상 테라스로 자리를 옮겼다. 선선한 바람이 조금씩 불어왔다. 테라스에서 바라본 올드타운의 지붕들은 각기 저마다 색을 뽐내며 낮게 이어져 있었고 그 사이사이에 키 큰 나무들이 커다란 잎사귀를 드러내며 비죽이 솟아 있었다. 내겐 그것이 참으로 치앙마이다운 풍경으로 다가왔다.

내가 느끼는 이곳의 아름다움은 이런 것이었다. 지나치게 정돈되고 깨끗한 것이 아니라, 조금은 투박하고 자유로운 분위기와 기묘한 조화로움이 있는 곳. '지금 여기'라는 카페의 이름처럼 '지금 여기, 이곳'에 집중할 수 있었다.

지금 이 순간, 테이블 위에 놓인 고소한 커피와 잠든 고양이와 그림 노트와 나를 보며 웃음 짓는 애인이 곁에 있다는 사실에 행복함을 한없이 만끽할 수 있었다. 이런 행복이 주어졌다는 사실에 정말로 감사했다. 지금의 이 짧은 순간이 모여 삶을 이룰 것이다. 그렇다면 나는 순간을 영원처럼 사랑하고 싶다. 앞으로 맞이할 시간이 행복일지 불행일지는 나 자신에게 달려있을 테니까. 매 순간 웃고 즐기며 사랑하리라. 주어진 삶을 잘 다듬고 보듬으며 살아가고자 노력할 것이다.

후덥지근한 날씨를 잠시 잊게 만들어준 부드러운 바람이 목덜미를 스치며 지나간다. 송골송골 맺혀 있던 땀이 어느새 흔적을 지웠다. A와 나의 노트에는 어느새 몇 장의 그림들이 채워져 있었다. 저 멀리로 조금씩 해가 기울어져간다. 이제는 '지금 여기'를 떠나 새로운 '지금 여기'를 찾아 걸어나갈 때였다. 계속해서 이어질 행복한 순간들로 어느새 가슴은 콩콩 뛰었다.

○

공존을
꿈꾸며

어느 골목에서 만난
고양이

길가에도, 가게 안에도, 어느 곳에나 있다. 인간이 거니는 장소라면 그들의 자리도 곳곳에 있기 마련이다. 이곳에서는 모두가 평화롭게 공존한다. 그들에게도 삶을 누릴 '권리'가 있기에. 치앙마이는 '개와 고양이의 도시', 아니 '모든 생명이 함께 살아가는 도시'다.

　반려묘 두 마리와 함께 동고동락하며, 길고양이들에게 밥을 챙겨주는 '캣맘'이기도 한 나는 여행지에서 고양이를 만나면 괜스레 반가운 마음이 앞서곤 한다. 사실 도시 여행에서 고양이를 만나기란 드문 일이다. 번화가보다는 주택가 근처에서 많이 살고 있기도 하고, 몸을 숨기는 것에 능숙하기에 사람들이 모르고 지나칠 가능성도 꽤 높으니까. 하지만 치앙마이에 도착한 첫날부터, 몇 번이고 깜짝 놀랄 수밖에 없었다. '아니, 도대체 이 도시에는 얼마나 많은 고양이, 그보다 더 많은 개들이 살고 있는 거지?' 하는 의문이 점점 깊어졌기 때문이다. 이곳은 사람들 사이사이마다 집과 집의 틈마다 고양이가, 개가, 때로는 개구리와 도마뱀이 있었다.

아침 겸 점심을 먹으러 동네 식당으로 걸어가던 중이었다. 바로 앞 길가에 커다란 개가 떡하니 앉아 있었다. 누구라도 '대형견'이라 생각할 그 개는 목줄도, 입마개도 전혀 하지 않은 모습이었다. 혹시라도 '나를 따라오지는 않을까, 짖기라도 하면 어쩌지?' 이런저런 걱정이 들어 개와 최대한 멀리 떨어져 걸었다. 나는 고양이와 마찬가지로 개도 좋아하는 편이지만, 어릴 적 물린 적이 있어서 낯선 개들을 보면 지레 겁을 먹곤 한다. (게다가 저렇게 크다면!) 다행히 바짝 긴장한 나와 달리, 개는 눈만 끔뻑거릴 뿐 나를 전혀 신경도 쓰지 않았다. 그러나 가슴을 쓸어내리며 안도하는 것도 잠시, 어디선가(바로 앞 가게였던 것 같다!) 곱슬곱슬한 털을 휘날리며 다른 개가 나를 따라오기 시작하는 게 아닌가.

다행히 좀 전의 개보다는 작았고, 꼬리를 신나게 흔들고 있었기에 나도 그 개를 향해 멋쩍은 웃음을 지을 수 있었다. 음식점으로 향하는 고작 20여 분의 시간 동안 대체 몇 마리의 개들을 마주친 건지 모르겠다. 나는 왠지 혼란스러워졌다. 목줄을 착용하지 않은 대형견이라니, 치앙마이에서는 산책을 시키는

밤이 되면 어디선가
나타나던 첫번째 숙소의 냥이들

경우를 제외하곤 목줄을 착용한 개를 찾아볼 수가 없었다. 게다가 주인이 있는지 없는지 분간이 되지 않는 커다란 개들이 인도를 함께 걸어 다니기도 하고, 가게 앞에 누워 있기도 하고 심지어는 차도를 건너거까지 했다. 능숙하게 피해주는 차와 오토바이 사이로 무단횡단을 하는 개들을 보며 걱정과 놀라움에 입이 떡 벌어지고 말았다.

사람들이 다니는 곳에는 언제나 개들이 함께였다. 서로가 서로에게 익숙한 듯, 아주 자연스러워 보였다. 비단 개들뿐만이 아니었다. 치앙마이에는 고양이들도 넘쳐났다. 길고양이들

도 많았고, 개들과 마찬가지로 주인이 있는 고양이들도 목걸이
만 두른 채 유유히 거리를 돌아다녔다. 커피를 마시러 들른 야
외 카페에서는 고양이가 내내 의자 밑에서 낮잠을 잤다. 나는
여기저기서 마주치는 고양이들 덕에 몇 번이고 한참씩 걸음을
멈추곤 했다.

물론 집과 가게 밖을 오가며 지내는 동물들을 처음 보았을
때에는 걱정이 앞섰다. '누군가 해코지를 하면 어떡하나' '차도
가 가까워 위험할 텐데' '피부병이라도 걸리면 어쩌지' 등등.
하지만 하루 이틀, 시간이 흐르자 조금은 알 것 같았다. 치앙마
이의 '공존'에 대해서. 며칠이 지나고 깨달은 점은 이곳의 동물
들은 대체로 사람을 겁내지 않는다는 것이었다. 길가의 그늘
아래 드러누워 잠을 청하고 있는 개의 표정에서는 편안함이
엿보였다. 길고양이가 사람의 눈에 잘 띄는 장소에서 쉬고 있
는 모습도 마주했다. 적어도 사람이 동물을 괴롭히지는 않는다
는 것이 느껴졌다.

치앙마이 사람들은 거리의 동물들에게도 기꺼이 자리를 내
어주며 함께 살아가고 있었다. 물론 대부분의 개들은 사람에게
무신경하기도 하고 또 일부는 조심해야 할 필요성도 있을 것
이며 거리에는 늙고 병든 개들도 분명 있을 것이다. 이곳의 모

습이 완벽하게 이상적이라고 말할 수는 없을지도 모른다. 개와 고양이가 목줄 없이 자유롭게 다니는 것이 꼭 바람직하다고만 볼 수도 없다. (사실 치앙마이이기에 가능한 일이 아닌가 싶다.) 하지만 동물을, 생명을 대하는 그들의 태도는 나에게 정말 깊은 인상을 남겨주었다.

생명을 존중하는 것. 그것은 그 무엇보다 가장 우선시 되어야 하는 중요한 가치다. 그것이야말로 더불어 사는 삶의 시작이라는 것을, 치앙마이 사람들은 몸소 보여주었다. 언젠가는 세상 모든 거리의 개와 고양이가 내가 본 얼굴과 같은 표정을 짓고 있다면 좋겠다. 두려움과 아픔이 말끔하게 지워진 두 눈을 마주하고 싶다. 진정, 그런 날을 바란다.

○

진정한

휴식

뾰족한 세모꼴의 지붕 모양은 흰 벽으로 그대로 이어져 내려 왔다. 높은 천장과 달리 간소하게 놓인 가구들은 모두 바닥에 납작 붙은 모양새다. 네모난 방 안에는 정사각형의 자그마한 냉장고, 조개 무늬를 닮은 아름다운 좌식 나무 화장대와 (마찬 가지로 바닥에서부터 고작 한 뼘 정도 높이의) 라탄 소재의 둥근 테이블이 놓여 있었다. 방 한가운데는 아주 커다란 크기의 침 대가 자리했다. 방의 3분의1만큼을 차지하는 침대는 짙은 나 무 바닥과 대비되어 더욱 도드라졌다. 침대에 누워 바라보는 천장은 아득하리만큼 높았다.

밖에는 뜨거운 태양이 이글대며 모든 것을 녹일 기세다. 강 렬한 햇빛이 세상의 색깔마저 온통 노랗게 바꾸어버린 것만 같았다. 이런 날씨에는 도무지 밖으로 나갈 용기가 나지 않는 다. 나는 그대로 침대에 누웠다. 정면의 활짝 열린 나무로 만든 창문 바깥으로 풍경들이 보였다. 방 안과는 확연하게 대조되는 네모난 그 풍경이 어쩐지 벽에다 걸어놓은 풍경화 액자 같았다. 어디선가 짹짹, 삐익삐익— 하며 새들이 지저귀는 소리가 끊임없이 들려온다. 열어놓은 창으로 따뜻한 바람이 슬며시 불어왔다. 나도 모르게 스르르 눈이 감겼다. 청아한 휘파람 소리를 닮은 새들의 지저귐이 나를 숲속 어딘가로 데려다주는 듯했다. 천천히 마음에 평화가 찾아왔다.

진정한 쉼이란 무엇일까. 단지 몸이 편안한 상태만을 말하지는 않는다고 생각한다. 때로 몸은 휴식을 취하고 있지만 머릿속은 쉬지 못하는 경우가 많은데, 생각이 너무 많은 내가 꼭 그렇다. 특히 걱정과 불안이 꼬리에 꼬리를 물고 끝없이 퍼져나간다. 머릿속을 비워내고 싶은 마음이 간절해진다. 이러다가 내 머리가 점점 풍선처럼 부풀어올라 터지는 것은 아닌지(물론 그런 일은 절대 일어나지 않겠지만) 괴로워한 적도 있었다. 생각을 많이 하고, 신중한 것도 좋지만 때로는 넘치지 않게 덜어내는 일도 중요하다. 어느 한 쪽으로 치우치는 것은 아무래도 좋지 않다. 삶에는 균형이 필요한 법이다. 몸과 마음도 마찬가지.

하얀 침대보와 이불에서는 햇볕에 잘 마른 냄새가 났다. 더없이 편안하고 포근한 촉감이 마음을 말랑말랑하게 만들어주었다. 원래 이 시간에 하려고 계획했던 일정이 차차 머리에서 지워져간다. 지금은 무엇이든 내려놓는 시간, 비워가는 시간이었다. 커피 한 잔을 더 마신들 예쁜 것을 하나라도 더 본들 다 무슨 소용인가, 그보다 중요한 것은 내 마음이 지금 그 어느 때보다도 평온하다는 확신이었다. 몸도 마음도 무의 상태로 치달았다. 오랜만에 느껴보는 기분이다. 아무것도 하지 않고, 아무 생각도 하지 않음에 너무나 행복했다.

한참 후에야 눈을 뜨고 일어나 앉았다. 시계를 봐야겠다는 생각은 딱히 들지 않았다. 잠을 잔 것은 아니었지만 몸과 마음이 가볍고 개운했다. 방금 전까지 내가 진짜 쉬었다는 것을 깨달았다. 말 그대로의 휴식. 여행에도 삶에도 때로는 멈추어 서서 잠시 쉬어가는 시간이 얼마나 중요한지 모른다. 부지런히, 열심히 나아가는 것만큼이나 절대로 없어서는 안 된다.

열어놓은 창문을 다시 닫아걸고 천천히 나갈 채비를 마쳤다. 충분히 비워냈으니 이제 다시 채움을 위한 때가 온 것이다. 대문 밖으로 한 발자국 내딛자 가장 먼저 뜨거운 햇살이 깊이 스며들었다.

○

<u>새벽 별</u>

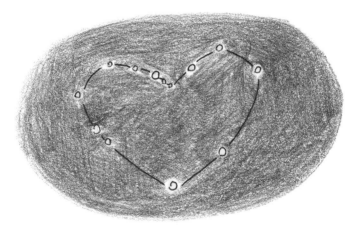

2017. Chiang Mai

자정이 넘은 시간, 나를 부르는 A의 목소리에 숙소 밖 작은 테라스로 나갔다. 등 뒤에서 나무문이 둔탁한 소리를 내며 닫히는 그 순간, 칠흑 같은 어둠이 내 눈에 내려앉았다. 손끝조차 분간할 수 없는 깊고 진한 어둠이었다. 문득 아까 숙소로 들어오는 길에 보았던 작은 도마뱀들이 생각났다. 아마 지금 멀지 않은 어딘가에 가만히 붙어 있을 도마뱀들을 떠올리니 팔에 소름이 오소소 돋았다.

"깜깜해서 아무것도 안 보여! 너무 무서워"라고 말하자 커다란 손이 나를 앞쪽으로 끌어당겼다. "괜찮아! 이쪽으로 가까이 와봐." A는 나를 테라스 끄트머리로 데려갔다. 그의 팔이 어깨에 둘러지자 조금 마음이 놓였다. "하늘 좀 봐봐." 그의 말에 고개를 젖혀 하늘을 올려다보았다. 그제야 테라스 지붕에 가려져 있던 하늘이 시야에 들어왔다.

탄식에 가까운 짧은 감탄사가 자연스럽게 나왔다. 짙은 하늘 속에서 무수히 많은 별들이 하얗게 빛나고 있었다. 촘촘히 하늘을 수놓은 별들은 놀랍도록 아름다웠다. 이렇게 많은 별을 본 것이 언제였는지 기억도 나지 않을 만큼. 건물의 불빛도, 네온사인도 없는 완전 무결한 어둠은 더욱 별들을 돋보이게 해주었다. 한참을 바라보자 마치 우리가 우주의 한복판에 있는 것은 아닐까 하는 착각마저 들었다.

어디를 보아도 온통 별, 별, 별…… 별들이 가득했다. 나는 그 장대함에 압도되어 어둠의 공포마저 까마득히 잊었다. 조금씩 자리를 바꿔가며 별들을 바라보고 있는데, 그가 한 곳을 손가락으로 가리키며 말했다. "저기, 저 별이랑 저 별이랑 쭉 이어봐. 작은곰자리 같은데?" A의 손가락 끝을 눈으로 좇으니 신기하게도 국자 모양이 보였다. 신이 난 우리는 다른 별자리를 더 찾아보기로 했다.

별이 너무 많아 처음에는 별자리가 눈에 들어오지 않았는데, 점차 조금씩 구분이 가기 시작했다. 우리는 가장 빛나는 별을 찾았다. 아마도 목성일 거라고, 그가 말했다. 곧이어 그는 카시오페이아자리도 발견했다. 그러다 우리의 마음이 가는 대로 별과 별을 이어 이런저런 모양을 만들어보기도 했다. 나는 어림짐작도 되지 않을 만큼 멀리 떨어져 있는 별들을 머릿속

어둠 속에서 분명한 것은

오직 별과, 당신의 오른쪽 어깨뿐.

으로 떠올려보았다. 별들이 탄생하던 순간과, 또 죽어가는 순간을 상상했다. 그리고 마음속으로 속삭였다.

'삶의 모든 순간 동안 온몸으로 빛을 내뿜고 있으리라. 별처럼 살아가고, 별처럼 사랑하고 싶다.'

쏟아질 듯 하얗게 빛나는 수많은 별들 아래 당신과 내가 있다. 오직 둘 뿐인 순간이다. 당신은 하얗고 고운 손으로 하나하나 짚어가며 별들의 이름을 불러본다. 치앙마이에서의 마지막 밤이었다.

The Beach Boys

치앙마이에서는 주로 밝고 따뜻한 노래를
찾아 들었다. 나의 여름 곡인 비치 보이스의
「Surfin' USA」「Fun, Fun, Fun」을 들으며
뜨거운 햇살 아래를 누비는 것은 정말 즐거웠다.

Chubby
Checker

몸이 절로 들썩이는 유쾌한
처비 체커Chubby Checker의 노래들.
「The Hucklebuck」
「Let's Limbo Some More」의
신나는 멜로디로 하루를 시작하면
좋은 일이 생길 것 같은 기분이 든다.

Bill Evans

마음이 평온해지는 아스트루드 질베르토Astrud Gilberto의
「The Girl From Ipanema」, 오스카 피터슨Oscar Peterson의
「The Song Is You」, 빌 에반스의 「Grandfather's Waltz」
「Tenderly」, 그리고 언제 들어도 참 좋은 비틀스의
「Here Comes The Sun」「Blackbird」는
따뜻하고 편안한 느낌을 준다.
제대로 '힐링 여행'을 할 수 있게끔 해준 곡들.

겨울에 만난 여름,
붉게 익었던 발등의 자국이
어느새 희미해졌다.

→ "사왓디 캅"

매일 아침 사당에
음료나 꽃을 놓고 하루를
시작하는 마음가짐

꼬불꼬불
그림 같은 글씨

KYOTO
—
교토

느긋하고 차분하게

2016. 11. 1 ~ 11. 6
느림의 미학 | 마음 청소 | 기차를 타고

2017. 1. 30 ~ 2. 2
나 홀로 교토 | 완벽한 식사 | 저마다 화분

2017. 9. 30 ~ 10. 4
뜻밖의 위로 | 세 대의 자전거 | 시장 속으로 | 사공이 되어 | 가모강가에 앉아

○

<u>나 홀로</u>

<u>교토</u>

이끼 낀 나무들
묵묵히 봄을 기다리는 모습

이건 전혀 예상 밖의 일이다. 도무지 믿기지가 않는다. 나는 지금 혼자 교토 철학의길 한복판을 걷고 있다. 마치 꿈을 꾸는 듯 멍하고, 누군가가 나를 들어다가 이곳에 내려놓은 것만 같다. 예정대로라면 혼자가 아닌 둘이어야 했다. 유일한 내 동생과 함께.

　나는 하나뿐인 여동생과 사이가 아주 좋은 편이다. 특별히 동생과 싸운 기억이 없을 정도이니, 이만하면 대단한 자매애라 부를 수도 있을 것이다. 그런 우리에게 둘만의 첫 여행 기회가 찾아왔다. 동생은 대학교 4학년을 앞두고 있었고, 앞으로는 점점 더 바빠질 것이 뻔했다. 이 때가 딱 적당한 시기라는 생각이 들었다. 그래서 동생의 겨울방학에 맞춰 1월에 여행을 떠나기로 했다. 한 달 전쯤 함께 여행 계획을 짜고, 필요한 것들을 정리했다. 일본 여행이 처음인 동생을 위해 나도 더욱 꼼꼼하게 준비를 마쳤다. 동생과의 여행은 또 어떤 새롭고 즐거운 일들로 가득할지 벌써부터 기대가 됐다.

시간은 흐르고 흘러, 어느덧 이틀 뒤로 떠날 날이 성큼 다가왔다. 설 연휴였던지라 나는 본가에 와 있었다. 동생은 캐리어 가득 짐을 싸놓은 상태였는데 그 모습에서 흥분과 설렘이 느껴졌다. 동생에게 곧 만나자며, 밝은 얼굴로 인사를 나누고서 다시 집으로 돌아왔다.

다음날 오후, 엄마의 전화를 받기 전까지는 모든 것이 순조로웠다. 동생이 몸이 좋지 않아 집에서 더 있다가 저녁쯤 나가야 할 것 같다는 전화였다. 그때까지만 해도 걱정은 되었지만, 설마 큰일은 아니겠거니 싶어 알겠다고 대답한 뒤 전화를 끊었다. 아직 꽤 여유가 있었다. 그래도 혹시 모르니 병원을 다녀오는 것이 어떻겠느냐는 말을 건넸다. 하지만 일요일 밤이라 근처의 병원은 모두 문을 닫은 뒤였다. 이제와 돌이켜보면 그때 내가 더욱 강하게 병원을 다녀오라고 권했었더라면 어땠을까 싶다.

속이 메스껍다는 말에 단순히 동생이 체한 것으로 여겼다. 첫날에는 아무래도 음식을 조심히 골라야겠다 싶었다. 몇 시간이 지나 다시 전화가 걸려왔다. 아무래도 동생은 여행을 못 갈 것 같다며 상태가 심각하다는 내용이었다. 도대체 어찌된 일인 걸까 망치로 머리를 한 대 얻어맞은 듯했다.

알고 보니 엄마와 동생은 전날 저녁에 마트에서 파는 생굴을 조금 먹었다고 했다. 굴로 인한 노로바이러스 감염이 유행하고 있던 때였다. 며칠 전 언뜻 뉴스 기사를 보았던 나는 아무래도 노로바이러스인 것 같다고 말하며, 놀라고 속상한 마음에 왜 그걸 먹었느냐, 몰랐느냐고 한숨을 쉬며 말했다.

다행히 엄마는 괜찮으셨지만, 동생이 문제였다. 당장 몇 시간 뒤에 함께 공항으로 가야 하는데, 증상이 가라앉질 않으니 어떻게 해야 할지 너무도 고민스러웠다. 12시간도 남지 않은 출국에, 설 연휴인데다 심지어 일요일 저녁. 머릿속이 하얘진 채로 부랴부랴 인터넷 검색창을 켜고 겨우 항공사에 전화를 걸어 환불, 취소에 대해 물어본 뒤 아침까지 동생이 조금이라도 호전되기를 바라며 기다려보기로 했다.

폭풍 같은 시간이 지났다. 도무지 이 상황을 믿을 수 없었다. 아니, 이게 대체 가능한 일인가? 바로 며칠 전까지만 해도 멀쩡하던 동생이, 여행 하루 전날 몸이 아파 못 가게 되다니. 꿈인지 생시인지, 머릿속이 복잡해져왔다. 결국 실시간으로 '좀 나아졌어? 어때? 그냥 어떻게든 같이 갈까? 못 갈 것 같아? 아

니면 가서 하루는 일단 숙소에 좀 누워 있을래? 응급실이라도 가야 하는 거 아니야?' 등등 혼란스러운 마음을 대변하는 문자가 오갔고, 몇 시간 뒤 나는 홀로 공항으로 향하는 버스에 앉게 되었다. 동생에 대한 걱정과 안쓰러움, 미안함이 머릿속을 어지러이 채우고 있었다. 셀프 체크인을 하며 화면에 나란히 떠 있는 나와 동생의 이름을 보자 점점 더 마음은 심란해졌다.

동생의 첫 교토 여행을 위한 일정 그대로 나는 유령처럼 배회했다. 딱히 뭘 해야 할지 전혀 떠오르질 않았다. 잠을 한숨도 못 자 더욱 몽롱한 상태였다. 그렇게 정신을 차려보니 홀로 철학의길 한복판에 덩그러니 서 있었다. 그야말로 상상조차 해본 적 없는 상황이었다. 동생과 함께 하하 호호 이야기를 나누며 걸었어야 할 이곳에 혼자 있게 될 줄이야……. 비수기여서 그런지 아무도 없는 철학의길을 터벅터벅 걸었다. 길에는 오직 나뿐이었다. 겨울이라 잎을 모두 내려놓은 벚나무들만 휑뎅그렁한 공간을 메워주고 있었다.

'과연 이게 잘 한 일일까' '나도 오지 말았어야 했을까' '어떻게든 동생을 데리고 왔어야 했을까' 여기까지 생각이 미치자 죄책감이 밀려왔다. 언니의 역할을 제대로 하지 못한 것 같았다. 무엇보다 이 상황이 말도 안 된다고 생각할 사람은 동생일 것이다. 얼마나 속상할까? 한숨 자고 일어났다는 동생에게 연락을 해보니 전날 밤보다는 많이 나아졌다고 했다. 다행이라 생각하면서도 한편으로 후회가 밀려왔다. 이 모든 것이 운명의 장난처럼 느껴졌다.

삶이란 정말 한 치 앞을 내다볼 수 없는 것이며, 언제나 내 뜻대로 되지는 않는다는 것을 새삼 실감했다. 그런 내게 동생과 엄마는 동생 몫까지 더 즐기다 오라고 말해주었다. 그 말을 듣자 이렇게 있어서는 안 되겠다는 생각이 들었다. 오히려 내가 위로받고 있다니! 갑자기 정신이 퍼뜩 들었다. 나를 배려해준 동생의 깊은 속내가 따뜻하게 전해져왔다. 나라도 기운을 내야지 하며 언젠가는 꼭 동생을 데리고 이곳에 다시 올 거라고 다짐했다. 그런 생각으로 걷다보니 어느새 철학의길이 끝나가고 있었다. 철학의길이라는 이름에 걸맞게 명상과 사색에 잠기기에는 더없이 좋은 장소였다.

나는 좁다란 개천을 따라 쭉 이어지는 철학의길 끄트머리에서 다시 발길을 돌려 왔던 길을 되돌아 걸어갔다. 다시 돌아갈 때에는 일부러 개천 건너편에서 걸었다. 마음이 조금 가벼워져서일까, 똑같은 풍경인데 조금 전과는 사뭇 다르게 보였다. 걸어올 때에는 보이지 않던 것들이 보이기 시작했다. 개천이 낮게 흘러가는 소리도 귓가에 들려왔다. 오늘 날씨가 정말 화창

하고 따스하다는 것을 그제서야 알았다. 인생사 새옹지마라 하지 않던가. 정말 그 말이 딱 맞았다.

내일이, 또 이번 여행이 어찌 될지는 아무도 알 수가 없으니 가장 중요한 것은 나의 마음인지도 모르겠다고 생각했다. 지나간 일은 되돌릴 수 없으니 속상함과 후회는 잠시 내려놓고, 앞으로 벌어질 일들에서 기쁨을 찾을 수 있는 나이길 바랐다.

나 홀로, 교토에 있다. 분명 이 또한 지금이 아니면 결코 경험해볼 수 없는 여행이리라. 철학의길을 빠져나오는 내 발걸음은 한결 가벼워져 있었다.

○

완벽한

식사

번화가와는 꽤 떨어진 곳에 자리한 조용한 동네의 자그마한 가정식 식당. 어제는 미처 들르지 못해 아쉬웠던 이곳을 다시 찾았다. 유리문을 젖히고 식당에 들어서자마자 고소하고 부드러운 냄새가 나를 감쌌다. 왠지 모를 훈훈한 공기에 이내 마음이 편안해졌다. 추위를 잊게 해주는 따뜻한 분위기의 공간이었다. 테이블 몇 개가 가지런히 놓여 있는 아담한 식당은 점심을 먹으러 온 손님들로 이미 꽉 차 있었다. 나와 같은 '혼밥족'을 위해 창가에는 기다란 1인 좌석도 마련되어 있었다. 하지만 12시가 조금 넘은 시각, 자리는 만석이었다.

근처를 적당히 배회하며 빈자리가 날 때까지 시간을 때워보기로 했다. 시간이 조금 흐르고, 다행히 혼자여서 금세 식당으로 들어갈 수 있었다. 창가 자리에 앉아 메뉴판을 오래 볼 것도 없이 '오늘의 정식'을 주문했다. 이곳은 매일 매일 달라지는 '오늘의 정식'과 '치킨 카레', 딱 두 가지 메뉴가 전부였다. 주문을 하고서 작은 식당 안을 찬찬히 둘러보았다. 영화 「카모메 식당」이 떠오르는 곳이었다. 음식도, 인테리어도 다르지만 묘하게 영화 속 분위기를 닮아 있었다. 아기자기한 느낌의 개방형 주방에서는 앞치마와 두건을 두른 주인분들께서 분주히 요리 중이었다. 다른 한 편에는 판매하는 컵과 그릇 등이 진열되어 있었고, 식당 군데군데 식물들이 놓여 있었다.

식당이라고 하기에는 지나치게 조용한 이곳은 대체로 동네 단골손님들이 찾는 듯한 분위기였다. 고요한 공기 사이로 달그락 달그락 그릇들이 부딪히는 소리, 무언가를 볶고 튀기는 소리가 생생하게 들려왔다. 눈으로, 귀로, 그리고 코로 감상하며 요리를 기다리는 시간은 어쩐지 경건한 기분까지 들게 했다. 자고로 음식이란 단순히 맛으로만 먹는 것이 아니라 하지 않던가. 특히 일본에서 많이 보이는 이 '개방형 주방'은 정말 마음에 들었다. 만일 내가 저 주방에 있었더라면 노출된 내 모습에 신경이 쓰였을 것이 분명하지만, 손님 입장에서는 여러모로 신뢰감을 더해주는 구조라고 생각한다. 위생에도 더욱 신경을 쓸 것이고, 요리하는 모습을 직접 볼 수 있을 테니까.

사람들은 혼자서 책을 읽거나, 친구와 작은 목소리로 대화를 나누며 차분하게 음식을 기다렸고, 곧 주문한 순서대로 정

갈한 식사가 차려졌다. 갓 지은 밥이 그릇에 담기며 하얀 증기가 피어올라왔다. 어느덧 내 차례. 나무 쟁반 위에는 흰 쌀밥과 된장국, 유부와 시금치로 보이는 채소를 데쳐 무친 반찬, 흰 단무지와 마즙을 섞은 듯한 것, 그리고 발사믹 소스를 뿌린 샐러드와 닭고기를 동그랗게 말아 튀기고 소스를 바른 완자 세 개가 있었다. 양이 결코 많아 보이지는 않았지만 한눈에 보기에도 소박하고 기본에 충실한, 정성이 듬뿍 담겨 있는 요리들이었다.

도자기로 만든 자그마한 새 모양의 받침 위에 놓인 젓가락을 집어들고 하나씩 맛보기 시작했다. 우선 흰 쌀밥을 한입 먹었는데 내가 좋아하는 쫀득한 식감이었다. 여러 채소가 섞인 샐러드는 신선해서 씹을 때면 아삭아삭 소리가 났다. 닭고기 완자는 고기가 아주 부드러웠고, 간장 베이스의 소스는 적당히 짭조름해 맛있었다. 요리는 평소 자극적이지 않고 삼삼한 맛을 좋아하는 나에게 안성맞춤이었다. 그야말로 정성이 가득한 '집밥'을 먹는 느낌.

하나하나 맛을 음미하며 음식을 비워내기 시작했다. 순식간에 모든 그릇이 깨끗해졌다. 스스로도 놀랄 만큼 배불리 먹은 한 끼였다. 빈 그릇들을 보자 포만감과 함께 기분 좋은 나른함이 찾아왔다. 맛있는 요리는 단순히 배를 채워주는 것에서 그치지 않고 사람의 마음까지 어루만진다. 나를 따뜻하게 품어준 교토에서의 정성 어린 한 끼처럼.

○

가모강가에
앉아

2017.
kyoto

교토에는 도시를 길게 가로지르는 강이 있다. 교토를 여행하다 보면 자주 마주치게 될 그 강은 '가모가와'라고 불리는데, '가모'가 강의 이름이고, '가와_かわ_'는 일본어로 강이라는 뜻이다. 가모강은 실제로 보면 '이게 강인가?' 싶을 정도로 자그마하고 얕다. 한강과 비교하면 사실 개천에 가까운 모습이라 할 수 있다. 한강보다는 내가 종종 자전거를 타거나 조깅을 하기 위해 찾는 우리 집 뒤편의 중랑천을 더 닮은 듯하다.

어느 곳을 가든 교토에서는 매일같이 가모강을 지나치곤 했다. 다리 위를 걸어서 건너기도 했고, 버스에 앉아 마주하기도 했다. 교토 사람들에게 가모강이란 언제나 그 자리에 있는, 일상적인 안도감과 편안한 휴식을 제공하는 곳이 아닐까. 햇살이 좋은 낮에는 강둑에 사람들이 삼삼오오 모여 앉아 있는 모습을 자주 볼 수 있었다. 강변을 따라 산책을 하거나 운동을 하는 사람들도 있었다. 아주 평범한 강가에서 사람들은 모두 즐거워

보였다.

A와 함께 교토를 왔을 때에는 빵을 사 들고서 강가를 향해 나란히 앉았다. 건너편의 오래된 목조 건물들을 마주하고 멜론빵을 나눠 먹으며 노을이 지는 모습을 바라보았다. 혼자 여행을 왔을 때에는 하릴없이 강변을 따라 걸어보기도 했고, 다리 위에서 어두워진 풍경 위로 하나둘 노란 불빛이 켜지는 낡은 건물들을 물끄러미 구경하기도 했다. 가모강에서 내게 가장 익숙한 곳은 가와라마치와 기온시조를 이어주는 다리였는데 항상 사람이 붐비는 이곳을 닳도록 걷곤 했다. 왠지 모르게 이곳에서는 입가에 잔잔한 평온이 스며들었다. 혼자서도, 둘이서도, 가족과 셋이서도 걸었던 가모가와다리였다.

비슷한 풍경이 이어지는 가모강이라 생각했는데, 버스를 타고 지나가다가 우연히 Y자로 강이 갈라지는 곳을 발견하게 되었다. 괜스레 신기하고 반가웠다. '아, 그러면 내가 지금 이쯤을 지나고 있구나!' 하고 머릿속으로 지도를 떠올려보았다. 가모강의 요모조모를 하나씩 알아가고 있다고 생각했다. 사람이 많고, 관광객도 붐비는 기온시조 근처의 가모강과는 달리 상류로 올라가면 훨씬 한가로운 분위기가 느껴졌다. 대체로 운동을 하거나 어딘가로 가기 위해 지나가는 사람들이었다.

드문드문 스쳐가는 사람들을 보자 문득 무라카미 하루키의 에세이에서 보았던 내용이 생각났다. 그가 가장 좋아하는 교토의 조깅 코스가 바로 가모강이라는 글이었다. (그는 매일같이 조깅을 한다고 했다.) 분명 정확한 코스로 어디서부터 어디까지가 좋다고 했던 것 같은데, 그것까지는 기억이 나질 않았다. 가모강 상류에 앉아 조깅을 하는 사람들을 바라보고 있자니 가모강변을 따라 달려보는 것도 꽤 기분이 좋을 것 같았다.

나 또한 주로 앉아서 일을 하기에, 건강을 위해 하는 몇 가지 운동 중 하나가 가벼운 달리기(경보라고 말하는 것이 맞을지도)다. 그 생각을 하니 충동적으로 이곳을 달려보고 싶었다. 하지만 여행지에서는 매일 2만 보 이상 걷는 나의 불쌍한 다리를 염려해 하는 수 없이 포기했다.

어떤 날에는 가모강의 풍경을 그리고 있는 할머니, 할아버지를 만나기도 했다. 아마 취미 동호회이지 않을까 싶었는데, 꽤나 연세가 있으신 노인분들이 제각기 이젤을 펼쳐놓고 진지한 표정으로 그림에 임하는 모습을 보니 분위기가 예사롭지 않아 보였다. 혹여나 방해가 될까 조심조심 곁을 지나갔다.

잊지 못할 순간도 있었다. 가모강 근처에는 커피를 마시며 피크닉을 할 수 있도록 테이블이며 의자를 빌려주는 카페가 있는데, 혼자 왔을 때에는 혼자인데다가 한겨울이기도 해서 피크닉을 즐기지 못해 약간 아쉬운 마음이 들었더랬다. 그래서 언젠가 가족과 함께 오면 꼭 해보기로 마음을 먹었다. 그런데 마침 가족 여행으로 이곳에 왔을 때, 아뿔싸! 알고 보니 찾아간 그날이 하필 휴무였던 것이다. 매달 휴무일이 달라지는 것을 미처 알지 못했기에, 그날은 아쉽게도 발길을 돌려야 했다. 그리고 며칠 뒤 홀로 시간을 보내기로 한 엄마를 두고 동생과 함께 카페를 다시 방문했다. (엄마는 오전 몇 시간 동안 자전거를 좀더 타고 싶어 하셨다.) 위시리스트에 오랫동안 있던 물건을 결제한 것처럼, 누군가와 함께 피크닉을 할 수 있어 기뻤다. 꼭 함께 가고 싶었던 곳이기도 했고, 카페가 휴무인 것이 내 잘못인 양 미안한 마음이 들었기에 그것을 만회하고 싶었다.

이른 아침에는 비가 부슬부슬 내리고 흐리던 하늘이 다행히 조금씩 개고 있었다. 마침 오픈 시간에 딱 맞춰 가서, 가장 먼저 피크닉 세트를 대여할 수 있었다. 손때 묻은 나무 의자와 간이 테이블을 고르고, 커피와 유리잔이 담겨 있는 라탄 바구니를 동생과 나누어 들고 가모강으로 향했다. 우리는 잔디 위 적당한 자리를 찾아 테이블과 의자를 내려놓았다. 리넨 테이블보를 테이블 위에 펼치고, 유리잔에 커피를 나눠 담고, 함께 러스

크를 먹었다. 흐린 구름 사이로 잠시 해가 따뜻하게 내리쬐어 주었다. 우리는 강가에 앉아 잔디와 가모강과 산을 바라보며 재잘재잘 이야기를 나눴다. 한가롭고, 웃음이 가득한 시간이었다. 마주보고 앉아 기념엽서에 그림을 그리기도 했다. 비록 잠깐의 여유였지만, 동생과 여행지에서 단둘이 보낸 이 시간은 우리에게 행복한 추억이 되었다.

아주 오래전부터 그 자리를 지키며 말없이 흐르고 흘렀을 가모강은 이곳을 거쳐간 수없이 많은 사람들의 삶의 한 부분을 지켜보았을 것이다. 내 소중한 추억도 보태어, 가모강은 지금도 누군가의 추억과 기억을 강물에 실은 채 흘러가고 있으리라. 이제 내게도 가모강은, 그저 스쳐가는 이름 모를 강이 아닌 추억이 자리한 특별한 장소로 기억될 것이다.

○

뜻밖의
위로

2017.
kyoto Gion

무려 10년 만의 가족 여행이었다. 그것도 함께 해외여행을 한 것은 난생처음이었다. 갑작스럽게 결정된 교토 가족 여행. 엄마와 여동생은 교토를 가본 적이 없었기에, 교토를 두 번이나 가본 내가 자연스레 여행을 이끌게 되었다.

스물셋 이후로 집을 나와 혼자 살고 있는 나는 가끔씩 가족들을 만나러 본가로 가곤 한다. 꽤 오래 떨어져 산 데다 가족이라고 해도 서로의 모든 것을 이해하고 알 수는 없으니 각자의 취향이, 속도가, 여행의 방법이 다른 것은 당연했다. 출발하기 전부터 미리 각오를 다졌지만, 원래 여행이라는 것은 변수의 총체가 아니던가. 혼자라면 뭐 어때, 싶었을 일들도 하나하나 신경이 곤두서기 시작했다. 하필 우리가 여행을 떠나는 날은 '추석 황금연휴'였고, 온갖 뉴스와 기사에서는 인천공항에 역대 최다 이용객이 몰릴 것으로 예상하고 있었다.

아침 7시 비행기, 시간이 없어도 너무 없었다. 꼬리에 꼬리를 문 걱정으로 전날 밤을 꼴딱 새우며 인천공항 내부 지도까지 확인하고(한 번도 해본 적 없던 행동이었다), 머릿속으로 시뮬레이션을 그려보기까지 했다. 자고 있던 동생을 깨워 콜밴 예약 시간을 30분 앞당기고 나서야 마음이 조금 놓였다. 새벽 세시, 공항으로 향하는 덜컹이는 콜밴 안에서 나는 창밖으로 끝없이 계속되는 새카만 풍경들을 넋을 놓고 바라보았다.

부지런히 움직여서일까, 다행히 공항에서는 걱정과 달리 무탈하게 비행기에 오를 수 있었다. 하지만 평온함도 잠시뿐, 비행기가 활주로를 1시간이나 빙빙 돌며 출발이 지연되어 또 한번 마음을 졸여야 했다. 몇 시간 뒤, 교토에 도착해서는 여느 때와 다름없이 평범하고 즐거운 여행이 시작되려는 듯했다. 우리는 점심을 먹고, 시장을 구경하고, 커피를 마시며 천천히 여유로운 여행에 젖어들고 있었다.

그러다 숙소 체크인 과정에서 문제가 터지고 말았다. 어쨌거나 숙소는 내가 모르는 장소였다. 여행의 책임자로서 절대로 가족들에게 무거운 캐리어를 끌고 거리를 헤매게 만들 수는 없는 노릇이었다. 그렇게 생각하자 두 어깨가 무겁게 느껴졌다. 앞장서서 한 손으로는 캐리어를 끌고, 다른 한 손으로는 열심히 지도를 보며 숙소로 향했다. 드디어 숙소 코앞! 분명히 다

왔는데 이상하게도 지도가 가리키는 곳은 공사가 한창인 건물
이었다. 당연히 이곳은 아닐 거라고 생각해 옆 건물들을 살피
며 왔다갔다 해보았지만, 아무래도 여기가 맞는 것 같았다. 건
물 앞에는 안전모를 쓴 인부가 서 있고, 건물은 온통 철근과
천막으로 뒤덮여 있었다. 갑자기 눈앞이 캄캄해지고, 등에서
는 식은땀이 흘러내렸다. '침착하자, 침착해야 해.' 스스로에게
되뇌며 호스트가 보내준 건물 사진과 눈앞의 건물을 비교해나
갔다.

　아, 아무래도 뭔가가 잘못되었다. 그것도 아주 단단히. 순간
오만 가지 생각들이 머리를 스쳐 지나갔다. '우리가 사기를 당
했구나!' 하는 생각부터 '이래서 유명한 숙소로 가야 하는 건
가' '부모님을 모시고 에어비앤비라니, 내가 미쳤지!'라는 자책
까지 하며 황급히 호스트의 전화번호를 찾아 곧장 전화를 걸
었다. 다행히 호스트는 금세 전화를 받았다. 머리가 새하얘진
나는 더듬거리며 "Why…… Why didn't you… tell us… this
building…"이라는 문장(도 아닌 문장)만 겨우 내뱉었다. 증축
공사라는 단어는 생각조차 나질 않았다. 바로 옆에 있던 동생
이 다급하게 일본어 번역기로 '증축 공사'라는 단어를 찾아 수
화기를 향해 스피커 버튼을 눌러댔다. 그야말로 아비규환이었

다. 호스트는 곧 오겠다며 짧은 통화를 끝냈다. 우리는 망연자실한 채 철근을 메고 건물 안으로 들어가는 인부의 뒷모습만 눈으로 좇았다.

호스트는 금세 도착했다. 그는 영어를 잘하지 못했고, 나는 일본어를 잘하지 못했다. 서로 짧은 단어와 번역기를 사용해 겨우겨우 대화를 나누었다. 갑자기 공사가 시작되었고, 공사는 오전 9시부터 오후 6시까지만 하며, 건물은 ㅁ자 구조이기에 숙소가 있는 쪽은 창문을 열 수 있다는 것이 내가 그로부터 전해들은 정보였다. 하지만 호스트가 미리 이 점에 대해서 말해주지 않았기에, 우리는 요금 할인을 받을 수 있었다. 그렇게 힘들게 체크인을 마치고 숙소에 들어서자, 어마어마한 피로감이 몰려왔다. 과연 내가 남은 여행을 무사히 마칠 수 있을까 싶은 생각마저 들었다. 셋 모두 부족한 수면과 체크인 해프닝으로 지칠 대로 지친 상태였다. 짐을 풀고, 샤워를 마치자 창밖이 어둑해졌다.

숙소 근처에서 저녁으로 간단히 라멘을 먹고 돌아오는 길이었다. 어디선가 익숙한 재즈 음악이 들려왔다. 가모강을 가로지르는 다리를 건너자, 그 소리는 더욱 크고 가까워졌다. '설마, 거리 연주인가?' 하며 나도 모르게 음악에 이끌리듯 그곳으로

가모강

발걸음을 옮겼다. 다리 끝, 뒤편으로 버드나무 가지가 흔들리는 작은 공간에 나이가 꽤 지긋해 보이는 세 명의 연주자가 유명한 재즈 스탠더드 곡인 「Love for sale」을 연주하고 있었다. 평소에 덱스터 고든의 버전으로 자주 듣던 곡이었다. 나도 모르게 제자리에 못박힌 듯 우뚝 멈춰 서고 말았다.

진심으로 즐기며 연주하는 그들의 모습을 마주한 순간 알 수 없는 전율이 몸 전체에 찌르르 퍼져나갔다. 가만히 서서 서늘한 가을바람과 옆에 있는 가족, 그리고 그다음 연주곡이었던 「All the things you are」를(심지어 이 곡도 내가 정말 좋아하는 곡이라 더욱 놀라웠다) 온몸으로, 오롯이 받아들였다. 그러자 하루 종일 긴장으로 굳어 있던 마음이 천천히 편안해졌다. 갑자기 눈가에 한가득, 눈물이 고였다.

유난히 길고 긴 하루였다. 누구도 내게 짐을 지우지 않았으나 스스로 실수 없는 완벽한 여행을 만들어야 한다는 강박에 사로잡혀 있었다. 그리고 그것이 나를 옭아매어 여행을 제대로 즐길 수 없도록 만들었다. 동분서주하며 보낸 오늘의 내가 바보처럼 느껴졌다. 가족과 함께 행복한 시간을 보내러 온 것이지 완벽한 여행을 만들기 위해 온 것이 아니었는데…… 잠시 잊고 있던 여행의 목적을 우연히 마주한 거리 공연에서 다시

금 깨닫고 있었다.

그 후에도 가족들을 먼저 숙소로 보내고, 혼자 한참을 더 그곳에 서 있었다. 그들의 연주는 나에게 괜찮다고, 그럴 수도 있다고, 고작 이제 여행 첫째날이 지났을 뿐이라고 말해주는 것만 같았다. 나에게 그들은 그야말로 내 인생 최고의 연주자들이었다. 끝까지 자리에 남아 연주를 마저 다 듣고 싶었지만, 숙소에서 기다릴 가족들이 눈에 밟혀 아쉬운 마음으로 떠날 채비를 했다. 지갑 속에는 라멘을 먹고 남은 2,000엔짜리 지폐와 동전 몇 개가 있었다. 한 곡이 끝나고, 마음을 다해 박수를 친후 앞에 마련된 팁박스에 가지고 있던 돈을 모두 털어넣었다. 내가 받은 감동과 행복에 대한 답례였다. 떨어지지 않는 발걸음을 옮기며 슬쩍 팀 이름을 물어보았으나 미소와 함께 돌아온 대답은 '노 네임'이었다. 하는 수 없이 나는 이름 없는 기온 거리의 재즈 트리오를 기억 속에 담기로 했다. 우연히 마주한, 참으로 꿈결 같은 시간이었다.

여행의 행복은 언제나 예기치 못한 순간에 찾아와 지친 마음을 가만히 어루만져주곤 한다. 그럴 때는 그저 받아들이면된다. 여행이 내게 선물한 뜻밖의 위로를.

○

세 대의
자전거

2017. kyoto

"자, 그럼 출발할게요!"

두 손으로 자전거 핸들을 단단히 쥐고, 왼발로 땅을 차며 동시에 오른발로는 힘을 주어 페달을 밟았다. 처음에는 느리게 굴러가던 바퀴에 점차 속도가 붙기 시작한다. 기분 좋은 상쾌한 공기가 두 뺨을 스치고, 찌르르 찌르르 하는 풀벌레 소리도 어디선가 들려왔다. 며칠간 부슬부슬 내리던 비는 흔적을 감추었고 어느새 하늘이 맑게 개었다. 먼지가 깨끗하게 씻겨내려간 하늘은 시리도록 푸르렀다. 시선을 조금 내려 정면을 바라보면 자전거 두 대가 간신히 지나갈 만한 좁다란 아스팔트 길이 길게 뻗어 있고, 양옆으로는 비를 머금어 더욱 싱그러운 모습의 풀잎들이 널따랗게 펼쳐져 있었다. 눈앞의 풍경을 누군가 수평으로 갈라놓은 것처럼 위로는 희고 푸르렀으며, 아래로는 온통 녹색 빛깔로 가득했다.

엄마와 동생, 그리고 나는 자전거를 타고서 아라시야마 외곽의 자전거 도로를 달리고 있었다. 야트막한 언덕을 올라가는 두 사람의 뒷모습이 시야에서 멀어졌다 가까워지길 반복했다. 저 멀리 작은 배낭을 둘러멘 엄마는 카디건 자락을 휘날리며 앞장서 나아갔고, 초록의 풀잎들 사이에서 더욱 도드라지던 벽돌색 티셔츠를 입은 동생이 어느 정도 거리를 둔 채 그 뒤를 달리고 있었다. 나도 두 사람의 속도에 맞춰 부지런히 발을 놀렸다. 우리는 그렇게 차례로 작은 공원과, 코스모스 덤불과, 고요한 주택가와, 누군가의 텃밭을 스쳐 지나갔다. 더없이 목가적인 풍경이었다. 그렇게 우리 셋은 그림 같은 풍경 속에서 한참을 달렸다.

자전거 타는 것을 좋아하기는 하지만, 이때처럼 소위 '라이딩'을 하듯 타는 경우는 많지 않았다. 대체로 골목 사이사이를 돌아다닌다거나, 가볍게 즐기는 정도로 타곤 했다. 이렇게 속도를 내어 달리는 것은 엄마의 방식이었다.

엄마는 평소 자전거 타는 것을 즐기시는 편이었고, 때로 왕복 100킬로미터나 되는 거리를 자전거로 다녀오시는 경우도 있을 정도였다. 이번 여행에서도 내내 자전거를 타고 싶어 하셨지만 계속 비가 내리는 바람에 여행 끝 무렵이 되어서야 겨

2017. kyoto

우 탈 수 있었다. 이날만을 기다렸던 만큼 엄마는 어린아이마냥 즐거워하셨다. 낯선 도시의 자연 속에서 자전거를 타는 일이 이토록 좋았던가? 가슴이 뻥 뚫리는 듯했다. 엄마와 동생의 뒷모습에서도 나와 같은 행복이 묻어나왔다. 아마 엄마는 이 기분을 우리와 함께 나누고 싶으셨던 것이 아닐까. 잠시 자전거에서 내려 음료를 마시고 있는데, 엄마가 환한 표정으로 이렇게 말씀하셨다.

"나는 딸들이랑 같이 이렇게 자전거 타는 게 소원이었어. 정말 좋다."

이상하게 그 말을 듣는데 갑자기 울컥했다. 목구멍 언저리에서 무언가 뜨거운 것이 올라왔다. 참 어찌 보면 어려운 일도 아닌데, 고작 딸들과 함께 자전거 타는 것이 소원이라는 엄마의 말이 한참을 귓가에서 맴돌았다. 나는 괜스레 미안한 마음이 들어 "아유, 그러면 오늘 엄마 소원 하나 이뤘네. 우리 한국 가서도 또 셋이 자전거 타요" 하며 더 밝은 목소리로 대답했다. 왜 나는 부모님께 평소에 잘해야지, 생각만 하고서 쉽게 그러지 못하는 걸까. 살갑지 못한 성격의 첫째 딸인 나는 언제나 그랬다.

다시 돌아오는 길에는 출발했던 순서 반대로 내가 가장 앞에서 달렸고, 엄마가 맨 뒤에서 따라오셨다. 엄마는 두 딸의 뒷모습을 바라보며 무슨 생각을 하셨을까. 엄마의 뒤를 따라가다가 내가 앞장서 가려니 어색하게 느껴져 자꾸만 뒤를 돌아보았다. 한참을 그렇게 달리다 우리는 안장이 딱딱해서 이제는 엉덩이가 아프다며 웃었다. 자전거를 반납하며, 재미있었느냐는 자전거 렌털숍 할아버지의 물음에 나는 양손의 엄지를 치켜세웠다.

세 모녀가 여행에서 함께한 가장 완벽했던 행복의 시간이 지났다. 곧 시린 겨울이 올 것이고, 그런 뒤에 고요하게 초록이 움틀 때면 아마 나는 겨우내 허연 먼지가 소복이 쌓인 자전거를 끌고서 강가로 나갈 것이다. 그리고 엄마의 까만 자전거 뒤를 따라 또다시 힘차게 페달을 밟고 있을 것이다.

○

시장

속으로

어느 도시를 여행하든 시장을 구경하는 일은 참 흥미롭고 재미있다. 깔끔하고 알기 쉽게 잘 정리된 마트를 가는 것도 좋지만, 시장은 대체로 그보다 좀더 생동감이 느껴져 각기 다른 매력을 느낄 수 있다. 비록 이 도시의 여행자이지만, 이곳에 사는 사람들의 삶을 가장 가까이 느껴보려면 시장에 가는 것만큼 좋은 방법은 없다고 생각한다. 시장에서는 식재료뿐만 아니라 다양한 것들을 구경하고, 곧바로 사서 먹을 수 있는데다가 그 도시의 문화까지 엿볼 수 있다.

교토의 오래된 재래시장인 니시키시장은 가와라마치 바로 뒷골목에 자리한다. 큰 도로변은 백화점과 옷가게, 기념품가게 등이 보기 좋게 정돈되어 있는데, 바로 그 뒤쪽으로 몇 블록만 들어가면 옛 정서가 고스란히 남아 있는 시장이 있다. 좁고 길게 이어지는 니시키시장은 아침 일찍 문을 열고, 저녁에는 마찬가지로 일찍 문을 닫았다.

점심을 먹고 산책삼아 시장 구경을 시작했는데, 장을 보려는 현지인들과 우리처럼 구경을 나온 관광객들로 시장 안은 매우 붐볐다. 가게 앞에 서서 적극적으로 호객 행위를 하거나, 판매하는 식재료를 홍보하는 상점 주인들과 손님들이 뒤섞여 활기찬 에너지가 솟았고 마음을 들뜨게 했다. 반찬가게, 100엔숍, 아이스크림가게를 지났다. 수저받침만 파는 상점도 있었다. 자그마한 도자기에 여러 그림과 무늬를 그려넣은 것부터 꽃 모양, 토끼 모양, 버섯 모양, 가지 모양, 심지어는 아스파라거스 모양의 수저받침도 있었다. 우리는 손으로 직접 만든 아기자기한 모양새의 수저받침들을 한참이나 구경했다.

좁은 길을 따라 쭉 걷다보니 어느 지점부터는 생선가게들이 즐비했다. 여러 생선들이 줄지어 누워 있고, 먹기 좋게 잘라낸 회들도 비닐에 포장되어 놓여 있었다. 차곡차곡 쌓인 스티로폼 박스들과 가게 안의 하얀 타일, 생선의 이름과 가격을 적어놓은 노란 이름표가 묘하게 이국적인 분위기를 풍겼다. 왠지 뜬금없지만 색감과 이미지가 왕가위 감독 영화의 한 장면을 연상시켰다.

시장에는 장아찌만 파는 가게도 있었다. 허리까지 오는 커다란 나무통에 절인 무나 배추 등이 가지런히 쌓여 있었다. 된장 냄새를 풍기는 것도 있었는데, 그 맛이 무척 궁금했다. 한

블록을 더 걷자 골목 끄트머리에 과일과 채소를 파는 가게가 보였다. 재미난 모양의 무가 특히 눈에 띄었다. 흔히 보는 기다란 무가 아닌 동글동글한 모양의 커다란 무에 싹둑 잘린 잎 부분이 마치 무의 머리카락 같아 웃음이 났다. 신선한 과일과 채소가 모여 있는 것을 보는 일은 내게 기분 좋은 만족감을 주곤 한다. 나는 더욱 신이 나서 시장 안을 누볐다.

장바구니를 들고서 앞서 걷던 어느 행인이 꽃가게와 그릇가게를 지나 과일가게 앞에 멈춰 섰다. 허리를 굽혀 얼굴을 매대 가까이하고서 고심하며 과일을 고른다. 누군가의 아침, 혹은 저녁식사가 될 수많은 식재료가게들과 또 그 사이사이 관광객을 위한 상점들이 혼재되어 있는 곳. 그런 니시키시장의 분위기가 정겹다.

엄마와 동생을 데리고 크로켓을 파는 가게로 향했다. 우리는 두유 한 잔과 두유 크림 크로켓을 사서 나눠 먹었다. 따뜻한 크로켓은 입에서 부드럽게 녹아내렸다. 두유에서는 설탕이나 소금 없이 오로지 콩만 갈아 만든 진하고 고소한 맛이 느껴졌다. 맛있는 간식으로 배를 채운 뒤 다시 눈과 입의 즐거움을 찾아 시장 탐험을 나섰다. 시장은 살아 움직이듯 넘치는 에너지로 두 팔 벌려 우리를 환영해주었다.

○

사공이 되어

아라시야마 2017

가랑비가 내린다. 후두둑 후두둑, 지붕을 두드린 빗방울이 어디론가 흘러간다.

나는 지붕이 달린 작은 나무배 위에 앉아 있었다. 길쭉한 나룻배의 선수에는 사공이 홀로 서서 노를 저었다. 사공이 기다란 대나무로 만든 노를 좌우로 움직여 물살을 가르면 배는 강물을 미끄러지듯 부드럽게 나아갔다. 그는 전혀 힘을 들이지 않고 노와 한 몸이 된 듯 유연하게 배를 몰았다. 가랑비 따위는 그에게 조금도 방해가 되지 않는 눈치였다.

산과 강물이 모든 소리를 집어삼킨 듯 고요하고 적막한 이곳에는 오로지 빗소리만이 기분 좋게 들려왔다. 불규칙하게 톡, 톡, 하는 소리와 찰박, 찰박, 하는 소리가 간간이 더해지며 비의 연주는 3중주곡이 되었다가, 독주곡이 되었다가, 어느 순간에는 교향곡이 되기도 했다. 절로 마음이 평온해졌고, 가만히 그 소리에 귀를 기울이게 되었다. 아무런 대화도 필요하지 않았다.

배는 점점 강을 거슬러 올라갔다. 강 양옆으로는 아직 푸르름이 가득한 산이 야트막하게 이어졌다. 봉긋한 나무들이 빽빽하게 산을 감싸고, 그 사이사이를 가득 메운 물 안개는 비현실적인 느낌마저 주었다. 무릉도원이 있다면 이런 풍경이지 않을까. 나는 흘러가는 배에 몸을 맡긴 채 복잡한 머릿속을 천천히 비워냈다. 똑, 또독. 나의 걱정과 고민이 떨어지는 빗방울이 되어 강물에 닿는다. 강물은 말없이 그것들을 품어주었다. 흔적도 없이 사라져버린 빗방울들은 강물과 하나 되어 아래로, 아래로 묵묵히 흘러갔다. 잠시나마 무념의 시간을 만끽한다.

얼마간의 시간이 흘렀을까, 저 멀리에서 무언가를 잔뜩 실은 나룻배 한 척이 다가와 우리가 탄 배 옆에 바짝 붙었다. 음식을 싣고 다니는 나룻배였다. 따뜻한 군밤 한 봉지와 달달한 소스가 발린 당고를 샀다. 가족과 나누어 먹고 나니, 든든하게 부른 배와 눈앞의 절경에 신선놀음이 따로 없다 싶었다.

이윽고 배는 방향을 돌려 다시 강의 하류를 향해 흘러갔다. 30분이라는 시간이 길게도, 또 짧게도 느껴졌다. 못내 아쉽다는 생각이 들었다. 나룻배를 타고 상류로 거슬러 올라가는 것은 어느 정도의 힘과 기술을 필요로 했지만, 하류로 내려오는

것은 그보다는 조금 더 수월해 보였다. 조금씩, 조금씩 방향을 바꾸어가며 천천히 나루터에 도착했다. 흐린 하늘은 여전했지만 비가 조금 잦아들고 있었다.

그날 밤, 꿈을 꾸었다. 꿈속에서 나는 나룻배 사공이었다. 내 손에는 낮에 봤던 것과 같은 기다란 노가 쥐어져 있었다. 사방이 희뿌연 물안개로 가득해 앞이 잘 보이지 않았지만, 그래도 나는 내가 나아가야 할 곳을 직감적으로 알고 있었다. 나는 가야만 했다, 그곳을 향해. 아마 두려움과 마주할 것이고, 때때로 서투른 노질로 스스로를 탓하고 원망할지도 모른다. 결코 쉽지는 않겠지만 그래도 앞을 향해 노를 저어보리라 다짐한다. 용기를 내어본다. 가끔은 노를 잠시 곁에 놓아둔 채 물살이 이끄는 대로 몸을 맡기기도 하며. 느리더라도 내 속도대로 유연하게 배를 몰아갈 것이다.

꿈에서는 그 끝이 나오지 않았고, 그렇게 잠에서 깨어났다. 그러니 결말을 결코 알 수 없다. 이제 직접 가보는 수밖에.

나의 삶에서도 내가 뱃사공이 되었으면 한다. 작은 나룻배여도 괜찮다. 내 두 손으로 힘껏 노를 저어 나아가고 싶다. 그렇게 살아가고 싶다.

○

느림의
미학

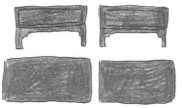

2017.

kyoto

교토는 모든 것이 천천히 흘러가는 도시다. 오사카에서 교토로 향하는 전철 안에서 나는 차창 밖의 풍경이 조금씩 달라져 가는 것을 느꼈다. 두 도시는 서로 가까이 있지만 내게 매우 상반된 이미지로 기억되었다. 보통 일본의 간사이 지방을 여행하는 사람들은 오사카를 가장 많이 찾는다고 하는데, 나는 오로지 교토만 여러 번 찾아왔을 정도로 이곳이 좋았다.

교토는 일본의 문화재와 역사적인 장소가 많다보니 개발이 제한되어 있다. 그래서인지 굉장히 조용하고, 고즈넉하며, 느릿하다는 인상을 주었다. 솔직히 말해 교토를 여행하며 딱히 관광지나 유적지 같은 곳을 찾지는 않았다. 그보다는 이곳 특유의 느린 시간 속에 몸을 맡긴 채 이리저리 돌아다니다 올 뿐이다.

가끔 교토와 경주, 두 도시의 이미지가 겹쳐 보인다. 경주는 내가 가장 좋아하는 우리나라 도시이고, 내 마음속 제2의 고향 같은 존재다. 그런 경주와 교토가 왜 비슷한 인상을 주는 것인지 가만히 생각해 보았더니 경주와 교토 둘 다 '천천히'라는 단어가 어울리는 장소였기 때문이었다.

꽤 오래전부터 '슬로 라이프'라는 말이 사람들의 입에 오르내리고 있긴 하지만 우리나라는 유독 '빠름'에 뿌리내린 문화라는 생각이 든다. 빠름은 우리나라를 경제적으로 더욱 발전시켰고, 생활의 편리함을 주었지만 나는 때때로 이 '빨리빨리'가 참 버겁다. 빠르고 느린 것은 '좋다' 혹은 '나쁘다'라고 구분할 수는 없는 문제라고 생각하지만 아직까지 세상은 빠른 것을 더 원하는 것처럼 보인다. 느린 것, 느린 사람은 마치 사회에서 도태되는 듯이 비춰진다. 나 역시 한국에서 계속 살아왔기에 빨리빨리에 이미 익숙해져버렸는지도 모르겠다. 그래서 때로는 생각이 많아 무언가를 할 때 시간이 오래 걸리는 자신을 재촉하고, 힐난하기도 했다. 서둘러야 한다는 생각과 그것이 버겁다는 생각 사이에서 마음이 무척이나 괴로웠다.

시간이라는 것은 한정적이고, 되돌릴 수 없다는 것도 잘 알고 있다. 하지만 인간의 삶이라는 것이 어떻게 늘 100미터 달리기를 하듯 뛸 수만 있겠는가. 뛰어가다가도 멈추고, 또 때로

kyoto D&D

는 산보하듯 걸어가기도 해야 하는 것 아닐까? 나는 세상의 기준에, 그 속도에 나를 억지로 끼워 맞추지 않겠다고 결심했다. 그보다는 나 자신이 더 소중했다. 수십 억 인구가 수십 억 개의 삶을 영위하고 있는데, 각자의 속도대로 살아가면 뭐 어떠랴 싶었다.

거북이에게도 거북이 나름의 속도가 있다. 거북이가 표범처럼 달리지 못한다고 해서 거북이의 존재가 가치 없는 것은 아니다. 그저 저마다 삶의 속도가 다를 뿐이다. 오히려 그게 더 조화롭고 자연스러운 것이지 않을까? 그래서 나는 일상을 나름대로 달리며 보내고, 여행지에서 걷고 쉬는 삶을 선택했다.

간사이 여행을 위해 검색을 하다가 사람들이 보통 오사카에
서 더 길게 머무른다는 것을 알았고, 교토는 하루 이틀이면 충
분하다는 글도 많이 보았다. 하지만 나는 나를 잘 알기에 과감
하게 내 식대로 일정을 짰다. 청수사도 후시미이나리신사도 금
각사도 가지 않았다. 대신 강가에 앉아 애인과 빵을 나눠 먹으
며 가을바람을 느꼈고, 정처 없이 골목을 거닐며 집집마다 내
놓은 가지각색의 화분들을 구경했다. 그러다 다리가 아파오면
근처의 카페로 가서 그림을 그리거나 책을 읽었다. 한 도시에
일주일 가까이 머무르며 간 곳보다는 가보지 못한 곳이, 본 것
보다는 보지 못한 것이 훨씬 더 많을지도 모른다.

그런 내게 교토는 나의 속도와 시선에 꼭 맞는 여행지였다.
다소 불편하게 느껴질 수도 있는 아날로그식 감성도 마음에
들었다. 오히려 정겹게 느껴지기까지 했다. 교토에 오자 영화
「리틀 포레스트」가 생각났다. 화면 가득 사계절의 풍경과 손수
만든 요리가 잔잔하게 펼쳐지던 영화 속 장면처럼 교토에서의
여행도 느리고 평온하게 흘러갔다.

세상에는 때로 편리함으로 대신할 수 없는 것들이 존재한
다. 느려야 할 수 있는 일들도 있다. 교토 거리를 천천히 걸으

며 보았던 풍경들은 아주 작은 부분까지 하나하나 섬세하게 기억에 남았다. 느리게 보내는 시간은 나의 마음을 여유롭고 풍성하게 만들어주었다. 너무 빠르게 가다보면 어떨 때는 더 중요한 것을 놓쳐버리기도 한다. 우리의 삶에는 '빨리감기' 버튼이 필요하지 않다. 가끔은 느려도 괜찮다. 제각기 유연하게 자신의 속도로 여행하고, 일상을, 삶을 꾸려나가면 될 것이다.

○

마음 청소

골목 구석구석을 누비며 문득 그런 생각이 들었다. '어쩜 이렇게 거리가 깨끗할 수 있는 걸까?' 좁다란 길에는 사람도, 차도 계속해서 지나다니는데 바닥은 쓰레기 하나 없이 말끔했다. 신기한 마음에 바닥을 물끄러미 내려다보며, 사진을 몇 장 찍어보기도 했다. 시커멓게 눌어붙은 껌이나 담배꽁초가 없는 깨끗한 바닥을 보니 괜스레 기분이 좋아졌다.

몇 해 전에 유후인으로 여행을 다녀오신 엄마는 거리가 너무 깨끗하다며 '매일매일 아스팔트를 솔로 박박 닦는 것만 같다'고 말씀하셨다. 재미있는 표현에 깊이 공감되었다. 아스팔트는 물론이고, 그 위에 그어진 하얀 차선은 흐려지거나 벗겨진 부분 없이 본래의 모습을 그대로 유지하고 있었다. 도대체 어떻게 이렇게 깨끗할 수 있을까? 그 이유가 너무나도 궁금했다. 도로라는 것은 어쩔 수 없이 점점 지저분해질 수밖에 없는데 말이다. 그러다 우연히 공사 중이던 인부들을 보게 되었다.

그들은 낡고 더러워진 바닥 선에 새로 하얀 페인트를 덧칠하고 있었다. 희미하고 얼룩덜룩하던 선은 금세 곧고 환하게 바뀌었다. 커다란 빗자루를 들고 가게 앞 도로를 열심히 청소하던 아저씨도 보았다. 역시나 자주 쓸고 닦고, 신경을 써주어야 깨끗할 수 있는 것이다.

사람의 마음도 이와 같지 않을까. 나의 의도와는 상관없이 마음은 상처를 받아 생채기가 나기도 하고, 못된 생각을 해서 때가 타기도 하며, 타인에 의해 짓밟히는 일도 생긴다. 자꾸만 본래의 모습을 잃어버리게 되는 마음을 계속해서 깨끗하게 유지하는 방법은 생각보다 간단할지도 모른다.

마음도 청소를 해주어야 한다. 가만히 내버려두었다간 상처가 곪아 지울 수 없는 흉터로 남을 수도 있으니. 더러움이 마음에 달라붙어 굳어버리기 전에 털어내야 한다. 도로에게도 비질을 해주고 쓰레기를 주워주는데, 그보다 몇 억 곱절은 소중한 마음은 더욱 잘 돌봐주어야 할 것이다. 가끔은 눈물로 씻어내리기도 하고, 연고를 덧바르기도 하며 마음을 깨끗하게 가꾸고 싶다.

○

저마다

화분

집집마다 내어놓은 화분들이 눈에 들어온다. 자식을 자랑하는 부모의 마음처럼 한두 개도 아니고 보란 듯이 잔뜩 내어놓은 집이 꽤 많이 있다. 정성들여 가꾼 태가 나는 화분들은 얌전히 대문 옆에 줄지어 있었다.

가까이 가서 가만히 들여다보니 이름 모를 식물들이 곱게 심어져 있다. 잎이 넓은 것도 있고, 끝이 뾰족한 것도 있고, 둥글둥글 귀여운 모양새를 한 것도 있다. 작은 소나무도 있다. 이끼처럼 보이는 것은 또 무얼까? 조금 걷다보니 어떤 집 앞에는 올망졸망한 분홍색 꽃이 피어 있는 작은 나무와 기다란 잎을 축 늘어뜨린 초록빛 식물이 있었다.

사람도 생김새가 다 다르고 성격이 다르듯 갈색, 흰색, 파란색, 회색 화분에 뿌리를 내린 식물들도 제 나름의 개성을 뽐내며 자라고 있다. 올곧고 강직해 보이는 작은 나무도, 부드럽고 수줍어 보이는 연둣빛 식물도 함께 어우러져 있으니 조화롭기

그지없다.

천편일률적인 세상은 재미도 의미도 없다. 남을 좇기보다 나만의 개성을 더욱 깊이 있게 드러내며 살고 싶다. 화려한 것만이 좋은 것도 아니고 크기가 커야 멋진 것만도 아니다. 자그마한 보라색 꽃이 어여쁜 무스카리도 좋고, 줄기를 구불대며 자라는 몬스테라도 좋다. 지금 당장은 알 수 없어도 나의 화분에서 어떤 가지가 뻗어나가고, 어떤 꽃을 피울지는 스스로가 만들어갈 일이다. 가만히 마음속으로 나의 화분을 그려본다.

○

기차를
타고

기차를 타고서 바라본 풍경

A와 나는 교토로 향하는 기차에 나란히 앉아 있었다. 기차의 진동을 느끼며 책을 읽다 문득 고개를 들어 그의 목덜미를 가만히 바라보았다. 등 뒤로 쏟아지던 햇살이 그의 목덜미에 가로로 드문드문 결을 만들어냈다. 그는 고개를 수그린 채 무릎 위에 작은 노트를 펼쳐놓고 그림을 그리고 있었다.

그가 무언가에 집중하고 있을 때의 얼굴을 알고 있다. 눈을 감아도 수월하게 떠올릴 수 있는 얼굴이다. 읽던 책을 덮고, 그의 얼굴을 찬찬히 들여다보았다. 기차는 한 번씩 덜컹이는 소리가 나는 것 외에는 아주 조용했다. 우리 둘도 말없이 눈을 맞추곤 다시 각자 하던 일을 계속했다. 침묵의 시간이 흘러도 전혀 어색함이 없는 사이가 있다. 함께한 긴 세월이 만들어낸 편안함인걸까?

우리가 앉아 있는 자리의 건너편 차창 밖으로는 청명한 하늘과 낮은 풍경들이 이어지고 있었다. 저 멀리 이끼가 덮인 듯한 산등성이와 촘촘히 펼쳐진 청회색의 작은 지붕들이 보였다. 아름답고 평화로운 풍경이었다. 비슷해 보여도 올리브색 의자 너머의 풍경은 계속 달라지고 있다. 기차는, 삶은 우리를 어디로 데려다 놓을까, 문득 그런 생각이 들었다. 시간은 끝없이 흐르고, 삶도 세상도 느리고 빠르게 변하기 마련이다. 한 치 앞을 내다볼 수 없는 것이 인생이라지만, 그래도 내 곁에 그가 있다면 나는 아무래도 괜찮을 것만 같다. 한없이 든든한 기분을 느끼며, 그에게서 시선을 거두고 다시 책을 펼쳐들었다.

기차는 여전히 앞으로, 앞으로 나아가고 있었다.

이병우 1집

이병우

장화, 홍련.
좋아하는 영화.

아름답고도 슬픈, 이병우의 곡들.
특히나 혼자 다닐 때 많이 들었던
「생각 없는 생각」「새」「비」
「나는 니가 이상해서 조터라」,
영화 「장화, 홍련」 OST 중 「에필로그」.

Pablo casals

Bach

고요한 철학자의길을 걸으며 파블로 카살스Pablo Casals의
「바흐 무반주 첼로 모음곡 2번 라단조 1악장」,
예노 연도Jeno Jando의 「바흐 24개의 전주곡과
푸가 16번 G단조 bwv 861」,
류이치 사카모토의 「Bibo No Aozora」를 감상했다.

거리를 거닐며 들은 브래드 멜다우Brad Mehldau의
「Exit Music」, 쳇 베이커의 「Almost Blue」
「It's Always You」 「Time After Time」 그리고
게리 멀리건Gerry Mulligan의 「Prelude In E Minor」.

브랜드의 색깔과
교토 특유의 정서가
자연스레 섞여 있는 교토 D&D

언제 어디서나

끄적끄적

딸들과 자전거 타는 게 →
소원이라던 엄마의 이야기가
귓가를 맴돈다.

가모강에서 만난 거리의 악사들,
음악을 들으면
그날의 분위기가 새록새록

오늘부터 휴가
- 천천히 머물며 그려낸 여행의 순간들

©배현선, 2018

1판 1쇄	2018년 9월 21일
1판 2쇄	2018년 11월 26일

지은이	배현선
펴낸이	정민영
책임편집	김소영
편집	임윤정
디자인	김마리
마케팅	정민호 이숙재 정현민 김도윤 안남영
제작처	한영문화사

펴낸곳	(주)아트북스
브랜드	앨리스
출판등록	2001년 5월 18일 제406-2003-057호
주소	10881 경기도 파주시 회동길 210
대표전화	031-955-8888
문의전화	031-955-7977(편집부) 031-955-3578(마케팅)
팩스	031-955-8855
전자우편	artbooks21@naver.com
트위터	@artbooks21
페이스북	www.facebook.com/artbooks.pub

ISBN 978-89-6196-337-4 02810

• 이 도서의 국립중앙도서관 출판예정도서목록(CIP)은 서지정보유통지원시스템 홈페이지(http://seoji.
nl.go.kr)와 국가자료종합목록시스템(http://www.nl.go.kr/kolisnet)에서 이용하실 수 있습니다.
(CIP제어번호: CIP2018028746)